CB036277

First published in 2003
by Faber and Faber Ltd., UK

The Philosophy of Time Travel created by Hi-Res!
Creative Directors: Florian Schmitt/Alexandra Jugovic
Photos from film and from behind the scenes
taken by Dale Robinette and Alamy/Latinstock

This book would not have been possible without
the generous assistance of Tom Grievson

Título original: The DONNIE DARKO Book

Diretor Editorial
Christiano Menezes

Diretor Comercial
Chico de Assis

Editor Assistente
Bruno Dorigatti

Capa e Projeto Gráfico
Retina 78

Revisão
Ana Kronemberger
Ulisses Teixeira

Impressão
Ipsis Gráfica

DADOS INTERNACIONAIS DE CATALOGAÇÃO NA PUBLICAÇÃO (CIP)
Angélica Ilacqua CRB-8/7057

Kelly, Richard
Donnie Darko / Richard Kelly ; tradução de Antônio Tibau.
— Rio de Janeiro : DarkSide Books, 2016.
240 p. : il.
ISBN 978-85-66636-99-4
Título original: *The Donnie Darko Book*

1. Cinema 2. Donnie Darko (Filme) 3. Filmes de terror
4. Diretores e produtores de cinema 5. Roteiros cinematográficos
I. Título II. Tibau, Antônio

16-0285 CDD 791.436164

Índices para catálogo sistemático:

1. Filmes de terror

DarkSide® *Entretenimento LTDA.*
Rua do Russel, 450/501 — 22210-010
Glória — Rio de Janeiro — RJ — Brasil
www.darksidebooks.com

RICHARD KELLY

DONNIE DARKO

DARKSIDE

TRADUÇÃO
ANTÔNIO TIBAU

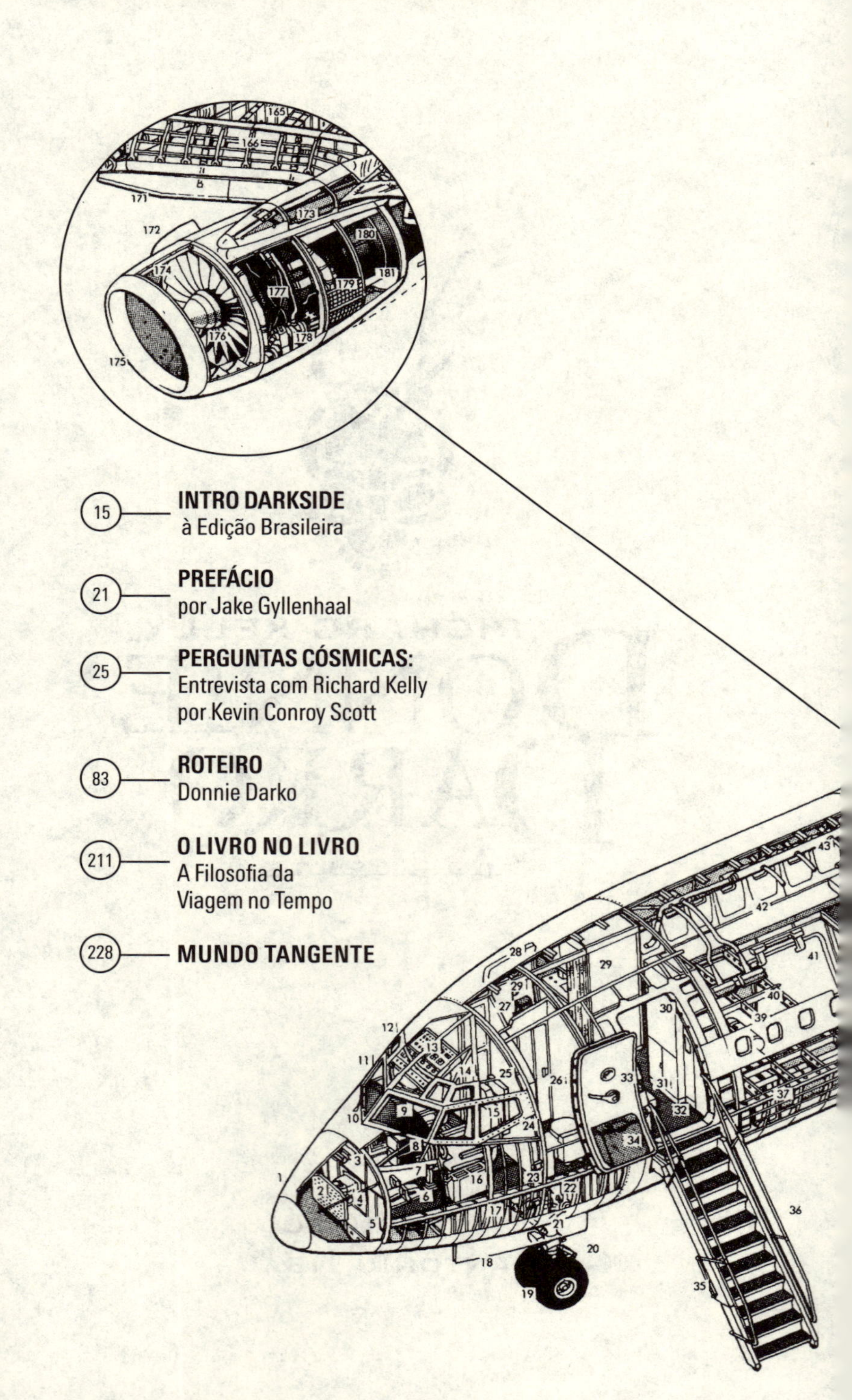

15 — **INTRO DARKSIDE**
à Edição Brasileira

21 — **PREFÁCIO**
por Jake Gyllenhaal

25 — **PERGUNTAS CÓSMICAS:**
Entrevista com Richard Kelly
por Kevin Conroy Scott

83 — **ROTEIRO**
Donnie Darko

211 — **O LIVRO NO LIVRO**
A Filosofia da
Viagem no Tempo

228 — **MUNDO TANGENTE**

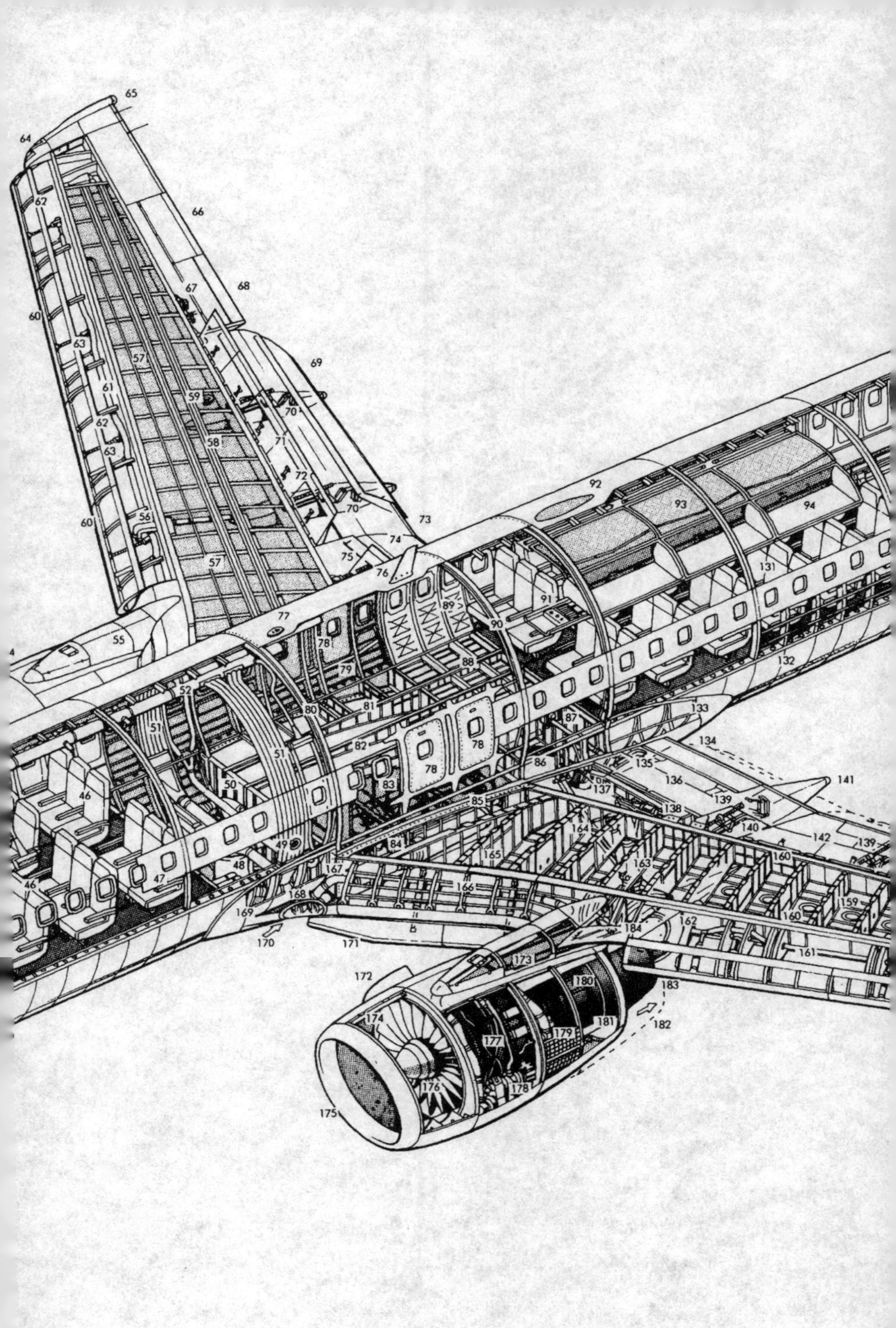

65
64
62
66
67
68
60
63
57
69
61
59
70
62
71
58
63
72
92
70
73
60
56
74
93
94
75
57
76
131
91
89
77
90
55
78
88
79
132
52
80
81
133
87
51
134
82
78
135
86
78
141
51
136
50
83
137
46
85
139
138
164
140
142
139
84
49
165
160
163
48
167
47
166
46
168
159
169
162
160
184
170
171
161
173
172
180
183
174
181
182
177
179
176
178
175

The Killing Moon

Echo & the Bunnymen

Under blue Moon I saw you
So soon you'll take me
Up in your arms
Too late to beg you or cancel it
Though I know it must be the killing time
Unwillingly mine

Fate
Up against your will
Through the thick and thin
He will wait until
You give yourself to him

In starlit nights I saw you
So cruelly you kissed me
Your lips a magic world
Your sky all hung with jewels
The killing Moon
Will come too soon

Fate
Up against your will
Through the thick and thin
He will wait until
You give yourself to him

Under blue Moon I saw you
So soon you'll take me
Up in your arms
Too late to beg you or cancel it
Though I know it must be the killing time
Unwillingly mine

Ian McCulloch, Will Sergeant,
Les Pattinson, Pete de Freitas - 1984

DONNIE DARKO
RICHARD KELLY

INTRO
VOCÊ AINDA NÃO VIU ESSE FILME.

É muito provável, caro leitor, que você já tenha assistido a *Donnie Darko*. Talvez mais de uma vez, ou mais de dez, quinze (quem está contando?). O longa-metragem de estreia de Richard Kelly como roteirista e diretor é um daqueles filmes que mantêm uma legião crescente de fãs apaixonados muitos anos após seu lançamento no cinema. Um feito e tanto, especialmente se levarmos em conta que ele nem ficou em cartaz tempo o suficiente nas salas de exibição norte-americanas para se tornar um fenômeno de bilheteria. Seu desempenho seria surpreendentemente melhor em outras praças, como a Inglaterra. Mas o mundo como um todo ainda teria a chance de seguir os últimos dias do garoto-problema vivido por Jake Gyllenhaal, tão logo baixassem as poeiras de setembro de 2001.

Donnie Darko tem um ziriguidum qualquer, um *mojo working*, um *je-ne-sais-quoi*. Assim como seu protagonista, o filme parecia estar mesmo predestinado a algo maior. Em pouco tempo — terá sido 28:06:42:12? —, as aventuras de Donald Darko conquistariam seguidores através de cópias oficiais (e outras nem tanto) das ainda resistentes fitas VHS, do mercado de DVDs, em ascensão na época, das reprises de tevê, de exibições caseiras, sessões de cineclubes e links de internet. O bom e velho boca a boca.

Donnie Darko é um dos primeiros *cult movies* de verdade deste século XXI. Sem o apoio de grandes estúdios ou uma avalanche de merchandising empurrada garganta abaixo do público médio, o filme chegou onde chegou por mérito próprio. O que não é pouco, principalmente se levarmos em consideração a complexidade de sua história, numa época em que a obviedade costuma ser a regra.

Neste exato momento alguém deve estar postando num fórum on-line a própria versão do que realmente aconteceu com Donnie, Frank, Gretchen, Vovó Morte ou o guru de autoajuda Jim Cunningham. Basta ler neste livro o prefácio do ator principal e a entrevista com o criador do filme: nem mesmo eles conseguem chegar a um consenso sobre qual é o lance de Donnie. Você arrisca um palpite, ou gostaria de conferir de novo sua cópia surrada para ver se, desta vez, as coisas ficam um pouco mais claras?

Bem, mesmo sem saber exatamente quem você é, querido leitor, imagino que seja um fã ardoroso, ou no mínimo alguém que já assistiu a *Donnie Darko* pelo menos uma vez.

E se esse não for o caso, pare tudo e vá agora mesmo conferir essa obra-prima contemporânea no seu serviço de *streaming* preferido. Eu recomendo.

Mas tentando achar linearidade e sentido (ao menos neste texto), que história foi aquela no primeiro parágrafo de afirmar que "você ainda não viu esse filme"?

Roteiristas gostam de pensar em si próprios como seres privilegiados no mundo do cinema. E isso vale mesmo para aqueles que, ao contrário do que acontece com Richard Kelly, não dirigem suas histórias ou frequentam as páginas de revistas. Roteiristas gostam de pensar em si próprios como seres privilegiados pois são os primeiros a "assistir" ao filme, pelo menos à sua primeira versão, ainda no papel.

Durante meses, muitas vezes anos, o filme só existe no roteiro. É nesse documento, escrito de forma não muito literária, contendo basicamente a indicação das locações, a descrição das ações e os diálogos, que nasce a história. Só quando produtores, diretor e elenco conseguem enxergar as cenas nas entrelinhas do texto é que o filme começa a ser produzido, se não parar no fundo de uma gaveta antes. O filme que não se vende no roteiro nunca chegará a ver a escuridão das salas de cinema. Ou não deveria, se pegarmos como exemplos as incontáveis bobagens hollywoodianas que são esquecidas assim que comemos a última pipoca do saco e devolvemos os óculos 3-D na saída.

Richard Kelly escreveu *Donnie Darko* muito antes que ele conseguisse ordenar luzes, câmera, ação. E mesmo sem atores, figurinos, efeitos especiais e trilha sonora, Donnie já estava lá, angustiado com o fim do mundo anunciado por um arauto vestido de coelho.

À medida que o projeto andava, Kelly certamente escreveu novas versões — os famosos tratamentos, no jargão cinematográfico. O roteiro presente neste livro está no seu último tratamento. Foi com essa versão de *Donnie Darko* que equipe e elenco ajudaram a transpor o filme do papel para a película.

Claro que é inviável transpor tudo. Num (bom) texto nada é impossível. Mas no set de filmagem, o bicho pega. Imprevistos, improvisos, decisões de última hora. O Donnie Darko do cinema não é exatamente o Donnie Darko deste livro. Muita coisa foi cortada nas ilhas de edição. E mesmo a versão do diretor (já encomendou a sua?), com vinte minutos a mais!, não consegue contemplar totalmente o filme a que você vai acompanhar nas páginas a seguir.

Olha que sorte. Você tem em mãos o *Donnie Darko* original. Aproveite.

O livro não é melhor que o filme. O livro *é* o filme!

Antônio Tibau
janeiro de 2016

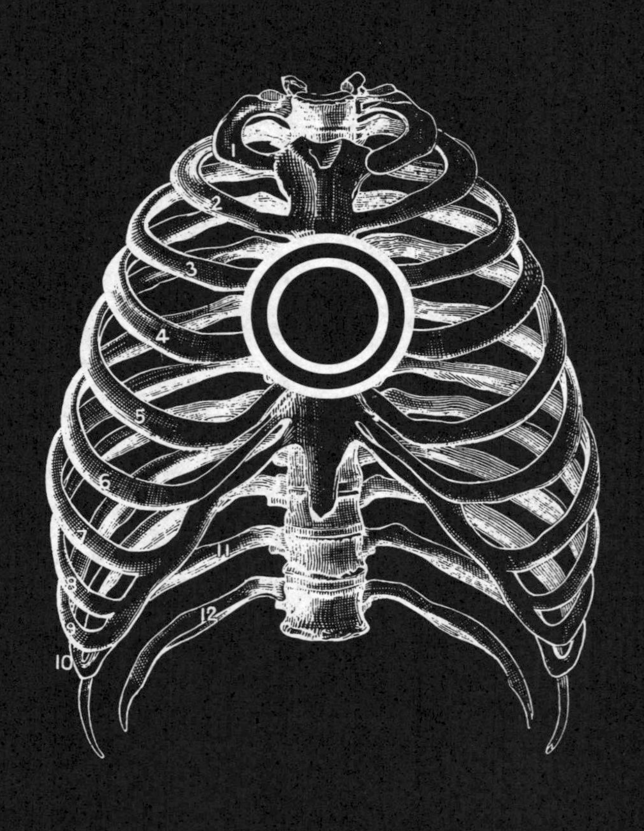
1
2
3
4
5
6
8
9
10
11
12

DONNIE DARKO
RICHARD KELLY

PREFÁCIO

por JAKE GYLLENHAAL

Do que se trata o filme *Donnie Darko*? Não faço ideia, pelo menos não conscientemente. Mas, de alguma forma, eu sempre o entendi. Para mim, a coisa mais incrível ao fazer esse filme foi o fato de que ninguém, incluindo o homem que viu a história emergir de sua mente, tinha uma resposta simples para essa pergunta. E, por ironia, esse é exatamente o sentido do filme. Nunca existe uma única resposta para qualquer pergunta. A explicação de cada um muda de acordo com a sua criação, o lugar onde foi criado, quem o criou. Parece ser uma resposta muito simples para um filme desconcertantemente complexo, mas, se você pensar a respeito, verá que ela chega ao ponto crucial de tudo aquilo que a princípio aceitamos como verdade: nossas próprias mentes, como elas se diferem umas das outras, e de como estamos todos à mercê de nossas próprias interpretações.

A batalha começa quando, ao chegar numa certa idade, a criança começa a experimentar os efeitos de sua infância e da possibilidade de falhas em sua criação. É difícil aceitar a ideia de que o ideal não existe. Nada é perfeito. O mais difícil, entretanto, é quando o garoto ou a garota começa a buscar sua própria ideia do que é certo. É uma busca assustadora. Nunca se sabe que obstáculos você há de encontrar.

Os Estados Unidos têm uma cultura que se orgulha de apoiar esse tipo de indagação, mas, na real, ela costuma inibir manifestações individuais. Frequentemente somos encorajados à passividade, a não desafiar nossas lideranças, a não questionar além da conta. E a cultura popular costuma refletir essas relações passivas. A molecada sabe quando é o aniversário da Britney Spears, mas provavelmente não saberiam dizer quem é o vice-presidente dos Estados Unidos. Sem menosprezar Britney Spears: acho ela gostosa. Comprei seu último disco. E também sem menosprezar Dick Cheney [vice-presidente durante os dois mandatos de George W. Bush, de 2001 a 2009]: ele nos proporcionou mais dramas do que alguns de nossos principais roteiristas. Mas de quem é a culpa?

Nada disso é culpa nossa. Somos produtos de nossa cultura. Mas não podemos ter medo de falar o que pensamos.

E é isso o que faz *Donnie Darko* ser tão bacana. Richard Kelly usou a cortina de fundo dos anos 1980, subvertendo um estilo de cinematografia (seu ídolo é Spielberg — que manda muito bem, convenhamos). Tudo para nos dar algo diferente do que estávamos acostumados. Nas palavras do próprio Donnie, "para mudar as coisas".

Você pode chamá-lo de cult. Você pode chamá-lo de gênio, do que quiser, mas o fato de que Richard escolheu não dar de bandeja uma conclusão simples ao filme exige que os espectadores participem do processo de desvendar as respostas junto com ele.

Não tem muita gente fazendo isso.

Quando estávamos trabalhando, eu implorava e apelava para que Richard encontrasse uma conclusão linear e compreensível. Ele jamais faria isso. Alguns podem argumentar que isso foi prejudicial ao filme. Talvez fosse o caso com qualquer outra película. Existem aqueles que afirmam que foi o que aconteceu aqui. Mas eu queria que essas pessoas pudessem passar um dia comigo. Então elas poderiam sentar-se à mesa ou caminhar pela rua quando um completo estranho apareceria e começaria uma discussão filosófica sobre do que exatamente se trata o filme *Donnie Darko*. Fico feliz toda vez. Porque toda vez eu respondo: "Não faço ideia, o que você acha?".

Nova York,
4 de maio de 2003

PERGUNTAS CÓSMICAS

ENTREVISTA COM RICHARD KELLY
POR KEVIN CONROY SCOTT

VOCÊ JÁ DESCREVEU SUA CRIAÇÃO EM RICHMOND, VIRGÍNIA, COMO SENDO "BEM NORMAL". O QUE "NORMAL" SIGNIFICA PRA VOCÊ?

Minha formação foi normal no sentido de que eu venho de uma família muito certinha; meus pais ainda estão juntos, não se divorciaram. O divórcio é a primeira crise que a maioria dos jovens enfrenta, e eu tive a sorte de não passar por isso. Tínhamos dinheiro pra viver, morávamos num bairro agradável, nunca sentíamos medo. Acho que muita arte nasce da angústia e da dor, então uma criação privilegiada pode abafar impulsos artísticos, e na real não tive muitos motivos para me rebelar onde eu cresci. Quando não há motivos para se sentir angustiado, você precisa procurar sua arte em outros lugares. Não sei, acho que encontrei minha arte no mundano.

COM FREQUÊNCIA VOCÊ AGRADECE A SEUS PAIS, AO PONTO DE LHES DAR GRANDE PARTE DO CRÉDITO PELO SEU SUCESSO. POR QUE ELES SÃO TÃO IMPORTANTES?

Eles viram algo em mim, e me encorajaram de verdade. Gostavam dos meus desenhos e os exibiam na geladeira. Viram que eu deveria ter habilidade para desenhar e me puseram numa escola de arte quando eu tinha 5 anos. Acho que isso não é muito comum, particularmente quando você cresce numa cidade conservadora como Richmond. Meus pais não eram artistas, mas eram muito energéticos em me empurrar para esse mundo. No final das contas, acho que foi isso que me deu confiança e motivação para ser um cineasta. Por toda a minha vida eles me disseram para usar minha arte porque achavam que eu tinha talento. Eles me encorajaram a seguir uma carreira a partir de minhas habilidades artísticas.

QUE TIPO DE ATIVIDADES ARTÍSTICAS ELES LHE ENCORAJAVAM SEGUIR?

Minha mãe me empurrou para a literatura. Ela sempre me disse que eu tinha talento para escrever e foi muito eficiente em me tornar um escritor melhor. Ela era professora e uma excelente editora e crítica do material que eu escrevia. Acho que puxei a sensibilidade literária de minha mãe e a sensibilidade matemática de meu pai.

SEU PAI AJUDOU A PROJETAR A PRIMEIRA CÂMERA QUE FOTOGRAFOU MARTE. VOCÊ PODERIA ME CONTAR ALGO SOBRE A PROFISSÃO E OS INTERESSES DELE?

Durante alguns anos, meu pai trabalhou na NASA em Norfolk, Virgínia. Fomos a primeira família do quarteirão a ter um computador, tivemos o Apple II, e depois o Apple II Plus;

fazíamos o upgrade todos os anos. Sempre houve uma apreciação pela tecnologia em nossa casa. Toda hora, meu pai estava remontando alguma coisa ou consertando o carro da minha mãe; ele sempre foi o artesão ou engenheiro habilidoso. Isso definitivamente me deu a confiança, ou a habilidade, para ser um tipo de técnico ou artesão. Acho que isso é basicamente o que um cineasta é, e eu definitivamente herdei isso do meu pai. Vendo o trabalho que ele fez na NASA, eu não consigo entender algumas das coisas que ele construiu. É um trabalho não reconhecido e esquecido que muitos desses caras fizeram na sonda espacial Viking, em 1976. Eles fotografaram Marte pela primeira vez. Não sabiam o que veriam nas fotografias retransmitidas. Havia uma apreensão sobre homenzinhos verdes; depois descobriram que era apenas um deserto vermelho cheio de pedras.

EM QUE TIPO DE COLÉGIO VOCÊ CURSOU O ENSINO MÉDIO?

Frequentei uma escola pública chamada Midlothian High School. Uma escola muito boa. Sou grato por não ter tido o privilégio de uma educação privada. Acho que as escolas particulares podem criar uma visão de mundo elitista. Fico contente por não ser um produto delas. De certa maneira, a escola pública me preparou para a maldade do mundo. Nada lhe prepara melhor para a maldade no mundo do que o ensino médio.

SUA MÃE ERA PROFESSORA DE ALUNOS EMOCIONALMENTE PERTURBADOS. VOCÊ PODE ME CONTAR ALGO SOBRE O TRABALHO DELA?

Na maior parte do tempo, consistia em fazer que os alunos preparassem seus deveres de casa. Quando eu estava no ensino fundamental, ela era a professora das aulas de suspensão, pois quando os alunos eram suspensos, mas ainda precisavam ir à escola, eles tinha que ficar com minha mãe, o dia inteiro. Quer dizer, ela não era uma psicoterapeuta para crianças que estavam querendo se matar ou se esfaquear. Ela era a cuidadora das ovelhas negras.

Algumas pessoas criticaram a interpretação de Kubrick para *O Iluminado*, mas acho que é um dos melhores filmes de terror de todos os tempos.

COMO ERA A REPUTAÇÃO DELA COM AS OVELHAS NEGRAS?

Gostavam muito dela. Era muito fácil para alguém naquela posição ter uma reputação negativa, mas minha mãe é uma pessoa extremamente gentil. Na verdade, alguns dos meus amigos mais próximos pegavam várias suspensões. Era um pouco esquisito, ela saber que eu andava com as "ovelhas negras". Quer dizer, era o ensino fundamental; e o ensino fundamental em si já é estúpido. Ainda assim, você podia ver as sementes da rebeldia em todos nós.

NA ADOLESCÊNCIA, VOCÊ FOI UM GRANDE FÃ DE STEPHEN KING. PODERIA EXPLICAR O QUE LHE ATRAÍA NA OBRA DELE?

A imaginação dele me nocauteava. Acho que um dos primeiros romances que li foi *Carrie, a Estranha* (1974) Tudo o que leio, além de Stephen King, me parece ser bem menos criativo. Muitas pessoas criticam King por considerá-lo um escritor de literatura pop. A comunidade crítica parece desconsiderar a literatura popular, mas eu desafio qualquer um a encontrar um escritor de ficção científica, fantasia ou terror com mais imaginação do que Stephen King.

QUAIS VOCÊ ACHA QUE SÃO AS MELHORES ADAPTAÇÕES DOS ROMANCES DELE?

Certamente *Um Sonho de Liberdade* (*The Shawshank Redemption*, 1994). Além disso, Rob Reiner fez um trabalho espetacular com a adaptação de William Goldman para *Louca Obsessão* (*Misery*, 1990) e também em *Conta Comigo* (*Stand By Me*, 1986). [...] Rob Reiner tem um jeito incrível de acessar o lado humano contido na obra de King. *Carrie, a Estranha* (1976), do De Palma. *Na Hora da Zona Morta* (*The Dead Zone*, 1983), do Cronenberg. Acho *Eclipse Total* (*Dolores Claiborne*, 1995) uma grande adaptação. Adoraria produzir um remake de *It: Uma Obra-Prima do Medo* (1990) ou de *Os Estranhos* (*The Tommyknockers*, 1993) para a HBO, no formato de minissérie. Esses livros não receberam o tratamento adequado na rede ABC. Espero um dia ser capaz de convencer King a me deixar adaptar *A Longa Marcha* (1979). Acredito que esse é um de seus maiores feitos como escritor, ainda que tenha escutado que ele já tentou descontinuar sua publicação. Algumas pessoas criticaram a interpretação de Kubrick para *O Iluminado* (*The Shining*, 1980), mas acho que é um dos melhores filmes de terror de todos os tempos.

POR QUE VOCÊ GOSTA TANTO DE *O ILUMINADO*?

Sou fanático por Kubrick. Ninguém jamais criou uma casa assombrada, ainda mais um hotel, do jeito que ele fez. Ele criou um ambiente físico que é um verdadeiro personagem do filme. Toda vez a que assisto, ele fica mais interessante. Acho que muitas pessoas não conseguiram enxergar o lado humano desse filme, o humor negro dele. Em meu modo de ver, Kubrick fez uma série de comédias de humor negro. Acho que as pessoas ficaram tão perturbadas ou tão envolvidas pelo lado técnico do que ele estava fazendo que não conseguiram enxergar a benevolência e a comédia. Se você assistir a algo como *Barry Lyndon* (1975), é de tirar o fôlego a realização técnica, o desenvolvimento das lentes de zoom, cortesia da NASA,[1] e dos interiores iluminados à vela, mas o filme também é uma bem-sucedida peça de crítica social.

SOBRE ALPINISMO SOCIAL?

Sim, sobre alpinismo social. Apenas o retrato de um babaca; um babaca que destrói tudo e todos ao seu redor.

VOCÊ TAMBÉM SE INTERESSAVA PELO TEÓRICO DE VIAGENS NO TEMPO, STEPHEN HAWKING. ELE NÃO É UMA ESCOLHA TÃO POPULAR ENTRE OS ADOLESCENTES QUANTO O OUTRO STEPHEN.

Certo. No nono ano, eu tive que fazer um ensaio sobre um livro para minha aula de ciências e escolhi *Uma Breve História do Tempo* (1988) porque achei que era um título bacana. Não consegui entender uma só palavra. Só entendi algumas frases, mas eu me senti tão inspirado por alguém que claramente entendia o mundo num nível completamente diferente — e conseguia expressá-lo em palavras. Ainda que eu

1 Kubrick, decidido a filmar com pouquíssima luz (de velas e natural), procurou por um equipamento que reproduzisse a experiência de luz da época, e usou a câmera Mitchell BNC e as lentes do tipo desenvolvido pela Zeiss para telescópios da Nasa. [As notas são do Editor.]

não conseguisse compreendê-lo, ele me inspirou a tentar compreender, e como resultado, o livro ficou desde então na minha cabeça. Acho que somos desafiados pelas coisas que estão um pouco além do nosso alcance.

VOCÊ LIA LITERATURA NO ENSINO MÉDIO? GRAHAM GREENE VEM À TONA EM *DONNIE DARKO*.

A maior parte da minha real educação literária veio do ensino médio. Kafka, Dostoiévski, Faulkner, Camus, Graham Greene.

VOCÊ ERA UM LEITOR VORAZ NA ESCOLA?

Eu fazia umas aulas de inglês avançado, e nós tínhamos que ler os autores que mencionei. Graças a Deus. Eu nunca teria lido nenhum desses livros se não tivesse sido obrigado, porque eu era um estudante preguiçoso. Eu fazia o mínimo para passar de ano. Aí comecei a gostar de verdade de ler outras coisas além de Stephen King. Foi o que me ensinou de fato a contar uma história: King e todos os outros autores que mencionei.

ENTÃO KING LHE MOSTROU COMO ESCREVER UMA NARRATIVA INTENSA?

De certa maneira, sim. King me ensinou suspense e como criar um mundo fantástico. E também como aterrorizar uma plateia, como guiá-la, como fazer todas as grandes coisas que King sabe fazer. Acho que escritores como Dostoiévski, Camus e Greene me ensinaram história e crítica social e também estrutura, sobretudo. A matemática da narrativa veio desses grandes autores. O trabalho mitológico de Joseph Campbell é preciso. Sua influência é indiscutível nos filmes de Hollywood, mas ele deve ser abraçado no sentido que você aprende a fórmula, e depois aprende a corromper a fórmula.

E QUANTO AOS QUADRINHOS? SEI QUE VOCÊ MENCIONOU ALGO A RESPEITO DA RELAÇÃO DE *DONNIE DARKO* COM AS HISTÓRIAS EM QUADRINHOS, NOS COMENTÁRIOS DO DVD.

Nunca fui um grande fã de histórias em quadrinhos; tive apenas um interesse passageiro. Mas quando escrevi o título, *Darko*, soava como uma história em quadrinhos. Também era algo que deveria alcançar os arquétipos dos subúrbios. Quando você está ciente de que está alcançando arquétipos que se transformaram em clichês — especialmente em filmes sobre adolescência e amadurecimento — você entra no território dos quadrinhos. Fez sentido na maneira em que eu estava tentando contar uma história sobre adolescentes e o subúrbio americano — foi pensado para ter um elemento sarcástico. Não sei o quão bem consegui me comunicar sobre isso, mas acho que foi essa a intenção.

No trabalho de Fincher, eu vi um nível de habilidade sem paralelos, que produziu uma impressão profunda em mim e com meus sonhos e esperanças de me expressar artisticamente.

QUANDO VOCÊ ASSISTIU AO VIDEOCLIPE DE "JANIE'S GOT A GUN", DO AEROSMITH, VOCÊ LIGOU PARA O ESCRITÓRIO DA MTV E PERGUNTOU QUEM O HAVIA DIRIGIDO. QUANTOS ANOS VOCÊ TINHA E POR QUE FEZ ISSO?

Isso foi em 1989, e eu tinha 14 anos. Assisti ao vídeo e pensei: “Esse cara tem uma visão. É um filme, eu quero ver esse filme”. Foi numa fase da minha adolescência em que tudo o que eu fazia era assistir à MTV. Eu nunca tinha visto um clipe que contava uma história. Era mais bem montado que a maioria dos filmes que tinha visto; por isso, fiquei perplexo e queria saber quem o havia criado. Naquela época, eles não apresentavam o nome dos diretores nos videoclipes, então liguei pro escritório da MTV e ouvi dez gravações diferentes até que finalmente alguém me atendeu e disse que havia sido David Fincher e depois desligou. Então eu descobri que ele estava fazendo o terceiro filme do *Alien*, o que me deixou maluco porque os dois primeiros filmes da série eram meus filmes favoritos de todos os tempos. Eu pensei: "Bem, estou feliz que alguém também viu algo ali". E apesar dos problemas que ele enfrentou, acho que *Alien 3* (1992) é um filme completamente subestimado. Ouvi que a Fox vai lançar sua versão original em DVD.

QUANDO SER UM DIRETOR SE TORNOU UMA IDEIA TANGÍVEL PARA VOCÊ PERSEGUIR COMO CARREIRA? FOI NESSE MOMENTO?

Aquilo me inspirou — quer dizer, eu pensei que adoraria ser um cineasta tão bom quanto ele, elevar minha arte àquele nível. No trabalho de Fincher, eu vi um nível de habilidade sem paralelos, que produziu uma impressão profunda em mim e com meus sonhos e esperanças de me expressar artisticamente. Quando eu vejo algo que é bom de verdade, sinto vontade de tentar fazer algo tão bom quanto. Eu não sei por que foi aquele clipe, mas foi. Ele me inspirou a fazer filmes.

VOCÊ DISSE QUE A SANTÍSSIMA TRINDADE QUE CRISTALIZOU SEU AMOR PELO CINEMA FOI "*E.T.* (1982), *DE VOLTA PARA O FUTURO* (1985) E *ALIENS, O RESGATE* (1986). SPIELBERG, ZEMECKIS, CAMERON: ELES FORAM OS QUE ME FIZERAM QUERER SAIR DE CASA PARA ASSISTIR R-MOVIES" [FILMES LIBERADOS PARA MENORES DE 17 ANOS ACOMPANHADOS POR

RESPONSÁVEIS, SEGUNDO A INDICAÇÃO NORTE-AMERICANA]. REVENDO AQUELE PERÍODO DE SUA VIDA, VOCÊ CONSEGUIRIA LEMBRAR POR QUE ACHOU ESSAS OBRAS TÃO CATIVANTES?

Quando você cresce em Richmond e não existem DVDs e ninguém que você conhece tem um laserdisc, tudo o que você tem são os filmes disponíveis na Blockbuster local, e na época a Blockbuster ainda estava engatinhando. Então eu certamente não tinha ciência de *Ladrões de Bicicleta* (Ladri de di biciclette, 1948, de Vittorio de Sica) ou *Sonhos* (*Yume*, 1990), de Kurosawa. Eu não tinha acesso a Truffaut, então eu não conseguiria alugar *A Noite Americana*,(*La nuit américaine*, 1973) não estava disponível na videolocadora Odissey em Midlothian Turnpike. Tudo o que eu tinha acesso eram aos grandes filmes arrasa-quarteirão. Não havia nada melhor, para os meus olhos, do que aquilo que Cameron, Spielberg e Zemeckis estavam fazendo.

A COSTA LESTE É O LAR DE ÓTIMAS UNIVERSIDADES. POR QUE VOCÊ DECIDIU ESTUDAR NUMA TÃO LONGE DE CASA?

Pensei que essa era minha chance de sair de casa e ir para bem longe. Pensei: "Por que não Los Angeles?". Parecia uma aventura e eu queria viver uma aventura. Na minha cabeça, pensei que talvez um dia eu conseguisse entrar no ramo do cinema. Eu achava que, se eu não tentasse, me arrependeria pra sempre, então me mandei pra lá.

QUAIS FORAM SUAS PRIMEIRAS IMPRESSÕES DE LOS ANGELES?

Eu cheguei lá literalmente sozinho, com duas malas. Nunca tinha estado em Los Angeles. Eu pude ver a "comunidade" de cara. A Universidade do Sul da Califórnia (USC) é como um oásis de crianças mimadas bem no meio do gueto. Isso, para mim, era realmente interessante — a disparidade de uma universitária estacionando seu BMW em frente a uma boca de fumo. Você via isso todos os dias. Não há como reviver aquele momento em que você chega pela primeira vez numa cidade nova, e tudo é muito estimulante; sua visão da geografia, sua percepção do ambiente é completamente nova — há algo de muito excitante nisso.

O QUE VOCÊ FOI CURSAR, A PRINCÍPIO, NA USC?

Belas-Artes; eu consegui uma bolsa em artes, que eu mantive. Saí da cadeira de artes depois de dois dias, deixei minha matrícula em aberto e comecei a assistir às aulas de cinema, me inscrevi na faculdade de cinema, e então fui aceito.

A ESCOLA DE CINEMA FOI PARTE DE SUA GRADUAÇÃO?

Foi, eu não fiz pós-graduação.

QUANDO VOCÊ COMEÇOU A FAZER CURTAS?

Minha monografia pra valer começou durante meu primeiro ano de faculdade. O currículo exigia que fizéssemos cinco curtas em Super-8. O primeiro se chamava *The Vomiteer* [O Vomitador], estrelado por meu amigo Marty Mischel. Era sobre um cara que não consegue parar de vomitar: isso destrói sua vida, ele não consegue ficar num trabalho, não consegue uma namorada, pois acaba dando uma golfada em seus peitos; por fim, ele tenta se matar engolindo o próprio vômito, mas então decide viver. Uma de minhas professoras precisou se levantar e deixar a sala porque o filme a fez vomitar de verdade. Então ficou nítido desde o começo quais eram minhas aspirações. E aquela professora me deu uma nota A–.

Desde o começo,
sempre tentei criar coisas que eu queria ver,
mas que nunca tinha visto.

VOCÊ SABE POR QUE ESCOLHEU ESSE ASSUNTO?

Acho que provavelmente foi uma reação à pretensão que vi dentro da escola de cinema, e o meu desejo de aprender o ofício, a técnica, mas sem ser pretensioso. Acho que presunção é um problema para vários alunos de cinema: resolver os problemas do mundo ou desejar fazer com que os outros chorem. A comédia é tão subestimada e desvalorizada, mas é muito necessária. Se você consegue contar uma simples história de forma engraçada, então consegue fazer qualquer coisa. Se você assistir a alguns dos curtas de Spike Jonze, eles são simples e engraçados e agora ele consegue fazer de tudo. A coisa mais difícil é extrair uma boa gargalhada de alguém.

VOCÊ SE LEMBRA DE ALGO QUE APRENDEU FAZENDO ESSES CURTAS?

Mais do que qualquer coisa, aprendi a tentar contar uma história de um jeito não convencional, porque muito do que eu vi na USC era bastante convencional, na minha opinião. Eu tentei tornar a originalidade uma obrigação durante o processo de contar uma história para alguém. Outra coisa que aprendi é que, ao conceber um filme, a primeira pessoa que você precisa agradar é a si mesmo. Se você tenta agradar aos outros, você nunca vai ter uma voz própria. Nunca será um filme que vem de um lugar honesto. Desde o começo, sempre tentei criar coisas que eu queria ver, mas que nunca tinha visto.

VOCÊ DISSE QUE APÓS A ESCOLA DE CINEMA ESTAVA DURO, ENTÃO COMEÇOU A ESCREVER PORQUE PRECISAVA DO DINHEIRO. ENTRETANTO, *DONNIE DARKO* NÃO APARENTA SER UM ROTEIRO ESCRITO PARA GANHAR DINHEIRO.

Não escrevi *Donnie Darko* para ganhar dinheiro. Basicamente escrevi o que pensava que seria meu primeiro filme. Por sorte, consegui um agente graças ao roteiro. Não comecei a escrever por razões puramente mercenárias até conseguir um agente, e eu precisava pagar as contas enquanto batalhava para realizar meu filme. Adaptei um romance para uma companhia e depois vendi um piloto para a Fox e fiz coisas desse tipo. Foi uma boa experiência na arte da negociação e na arte de confrontar executivos de estúdio e gente desse tipo.

VOCÊ APRENDEU ROTEIRO NA UNIVERSIDADE?

Tive uma aula de roteiro, mas eu realmente não sabia nada sobre roteiros quando comecei a escrever *Darko*. Naquele momento, eu provavelmente tinha lido uns três scripts na vida. Fico feliz por não ter feito vários cursos de roteiro. Sequer tentaria escrever *Donnie Darko* se tivesse engolido um bando de retórica de roteiro porque senão eu pensaria: “Não é permitido fazer isso, não é permitido fazer aquilo”. Cursos de roteiro podem ser úteis para algumas pessoas, mas sei que não seriam úteis para mim. Minha aula de inglês no colégio moldou minha habilidade para escrever roteiros mais do que qualquer coisa que aprendi na escola de cinema.

TERRY GILLIAM E PETER WEIR SÃO DOIS DE SEUS HERÓIS. VOCÊ DISSE QUE "AMBOS ENXERGAM A METAFÍSICA DA VIDA, CRIANDO FILMES QUE FAZEM PERGUNTAS CÓSMICAS". O QUE QUIS DIZER COM ISSO?

Para mim, esses dois caras, de maneiras completamente diferentes, estão investigando o plano metafísico. Veja algo como *Picnic na Montanha Misteriosa* (*Picnic at Hanging Rock*, 1975). Para onde foram aquelas garotas? Veja *Sem Medo de Viver* (*Fearless*, 1993). Weir está tentando agarrar um pedaço do desconhecido através da experiência humana. Veja *Brazil: O Filme* (1985), veja *Os Doze Macacos* (*Twelve Monkeys*, 1995), veja *O Pescador de Ilusões* (*The Fisher King*, 1991). De certo modo, Gilliam está, ironicamente, fazendo essas fábulas quixotescas. De certa maneira, ele já conseguiu fazer seu filme sobre Dom Quixote. Essa busca e tentativa de agarrar algo que é inalcançável — esses caras fazem isso de maneiras completamente diferentes, mas acho que há uma ligação ali e aí está minha inspiração.

VOCÊ CONHECEU SEU PRODUTOR, SEAN MCKITTRICK NA FACULDADE. PODE ME DIZER ALGO SOBRE COMO O CONHECEU E SOBRE COMO EVOLUIU ESSA RELAÇÃO PROFISSIONAL?

Eu era amigo de uma atriz chamada Sasha Alexander, e a convidei para participar do meu filme de projeto final; e também a convidei para produzi-lo. Ela aceitou o convite para atuar, mas disse que não tinha tempo para produzi-lo. Ela trabalhava na Sony, e Sean era um estagiário lá, então ela o recomendou e acabou que nós tínhamos vários amigos em comum. Tínhamos a mesma sensibilidade, gostávamos dos mesmos filmes. Só consigo ter êxito trabalhando com pessoas com quem eu sairia socialmente, e o que aconteceu foi que Sean e eu nos demos muito bem. Ele é um cara muito apegado aos detalhes, organizado e responsável, enquanto eu sou um bagunceiro, irresponsável e distraído. É legal ter um produtor parceiro que consegue arregaçar as mangas e fazer aquilo que você não é capaz de fazer.

COMO FOI A EXPERIÊNCIA DE DIRIGIR SEU FILME DE PROJETO FINAL?

Eu tinha escrito um roteiro ridículo sobre um cientista maluco e uma câmara de teletransporte. Se chamava *Visceral Matter* [Matéria Visceral, em tradução livre]. A intenção era fazer algo do tipo *Mystery Science Theater* [sitcom de ficção científica norte-americana, produzida entre 1988 e 1999] — só que com fotografia, cenários, efeitos visuais, animação e computação gráfica realmente bem-feitos [...] o pacote completo. Sean leu e disse: "É estúpido. Eu adorei. Vamos fazer". Essencialmente, era um teste para ver se conseguiríamos produzir um projeto com cara de profissional, em 35 milímetros, com efeitos especiais e pouca grana.

No verão de 1997 fomos para o deserto com um bando de atores esforçados — alguns deles nós catamos em Venice Beach quando vimos seus retratos pendurados num bar. Estávamos desesperados em encontrar qualquer um que pudesse fazer parte de nosso time renegado de cientistas malucos. Então fomos para Barstow filmar no deserto [...] porque a câmara de teletranspote está enterrada debaixo de um gigantesco complexo e uma corporação chamada Norcom quer encontrá-la, certo? A pobre Sasha Alexander — que concordou em fazer o papel de Karen Chambers, a cientista sexy com uma missão secreta — se perdeu no caminho para a locação porque não imprimimos um mapa decente. Ela ficou perdida no meio do deserto por cerca de uma hora. Aí — quando ela estava no trailer vestindo o figurino — um dos atores que catamos em Venice Beach para interpretar um dos capangas da Norcom, ficou abaixando a calça e se exibindo pra ela. Foi assustador. Felizmente, ela ainda fala comigo. Fico feliz que sua carreira tenha dado certo.

No dia seguinte, filmamos na Base Aérea Edwards sem permissão. Jatos que estavam voando lá em cima nos viram e chamaram a polícia militar. Ameaçaram nos prender e confiscar nossa filmagem. Meu cameraman, Jaron Presant, precisou esconder o filme. Sei lá como escapamos dali.

Aí voltamos para L.A. para filmar na câmara de teletransporte — que meu diretor de arte Leslie Keel e eu levamos o verão inteiro para construir na minha garagem em Hermosa Beach. Então montamos os pedaços grandes num estúdio em North Hollywood. Foi insano. Dormi nessa câmara de teletransporte por uns quatro dias [...] talvez duas horas de sono por noite.

Aí encerramos a produção, e eu tinha todos aqueles negativos, muitos filmados com a tela verde de *chroma key* — e não tinha grana! — não tinha como terminar o filme. Sean se mandou e arrumou um trabalho em projetos na New Line Cinema. Eu me mandei e arrumei um emprego como assistente de clientes numa empresa de pós-produção chamada 525. Um "assistente de clientes" é, na verdade, um garçom, um corredor e um faxineiro de toda a equipe e dos diretores de videoclipes, executivos de propaganda e estrelas do rock que apareciam por lá.

Eu precisava desesperadamente encontrar um editor. Eles deixavam os assistentes de clientes "treinarem" à noite nos Avids [estações de edição digital] depois que você trabalhasse lá por três meses. Esse era meu plano — encontrar um dos assistentes que sabiam mexer no Avid para editar o filme para mim [...] de graça. Porque eu não tinha um centavo. Eu enrolei alguns assistentes para que assistissem aos negativos — e nenhum dos diálogos estava sincronizado. Seriam horas e horas de trabalho, um trabalho técnico gigantesco. Duas ou três pessoas apareceram e sumiram num período de duas semanas. Eu pensei [...] esse filme nunca vai ficar pronto. É um desastre.

Aí recebi um telefonema de Sam Bauer, um dos assistentes que trabalhavam no turno da noite. Ele disse: "Tô sabendo que você fez uma ficção científica viagem e está precisando de um editor. Estou aprendendo Avid e tenho interesse no trabalho". Avisei que não tinha grana, e que levaria meses pra ficar pronto. Ele não ligou. Queria fazer. Era como aquela cena em *O Rei da Baixaria* (*Private Parts*, 1997), quando Howard Stern ainda está batalhando e deixa cair todos os seus discos no chão e começa a pirar e Fred calmamente o ajuda a recolher os discos e a colocá-los em ordem.

Então, durante o dia Sam e eu buscávamos comida e preparávamos cappuccinos e pratos de biscoitos de queijo para Puff Daddy, Jennifer Lopez, Weird Al Yankovich, Madonna, Mark Romanek, Jonas Akerlund, Missy Elliott. Todas essas celebridades. Me lembro dos guarda-costas do Puff Daddy inspecionando a comida dele. Não entendíamos por que eles achavam que iríamos querer envenenar ele ou a Jennifer Lopez. Era bem bizarro. Eu costumava preparar pratos com biscoitos de queijo para Mark Romanek e agora nós somos amigos e temos o mesmo agente.

Sam e eu fizemos serão durante meses para editar aquele filme ridículo, intencionalmente péssimo, que parecia tão bonito. Sean era escravizado na New Line por uma executiva chamada Lynn Harris [...] aprendendo o negócio, checando de vez em quando o nosso progresso. Prometemos a Sam que se algum dia eu fizesse um longa, ele editaria. Dois anos depois, a produtora Pandora não permitiu que ele pegasse a edição de *Darko* e Sean e eu tivemos que quebrar o pau pra que ele conseguisse o trabalho. Por fim, eles cansaram. Sam fez a edição.

VOCÊ ESCREVEU *DONNIE DARKO* DURANTE ESSE PERÍODO, LOGO APÓS SUA FORMATURA NA ESCOLA DE CINEMA, EM 1997. DE ONDE VEIO A IDEIA? ACHO QUE ME LEMBRO DE LER EM ALGUM LUGAR SOBRE UM PEDAÇO DE GELO CAINDO DE UMA TURBINA DE AVIÃO...

Acho que essa foi a semente de toda a ideia. Isso me leva de volta às minhas aulas de inglês no colégio, onde nos ensinaram que cada história era construída ao redor de um conceito único. Se você ler *A Metamorfose* [de Franz Kafka], a ideia está na primeira frase. Para mim, a turbina do avião era a ideia e aí a procura foi em tentar solucionar o mistério da turbina. Então tentei achar a jornada mais interessante para solucionar o mistério. Esse foi o meu processo. Não sabia como eu chegaria lá, mas sabia que aquela turbina viria do avião da mãe dele, em outra dimensão. Tentei estabelecer certas regras e, então, encontrar o jeito mais divertido de fazer com que aquela turbina caísse daquele avião.

***DONNIE DARKO* COMBINA ALGUNS ELEMENTOS MUITO FORTES: UM SUBÚRBIO AMERICANO IDEALIZADO, O PERÍODO DOS ANOS 1980 E UM PROTAGONISTA ÚNICO. VOCÊ ME MOSTRARIA SEU PROCESSO DE DESCOBERTA? EM QUE ORDEM ESSES COMPONENTES SE JUNTARAM?**

Havia a minha necessidade de colocar a mãe dele naquele avião, e sempre houve a figura do mensageiro — um guia, um mentor — que ajudaria a pôr a mãe dentro do avião. Havia um acidente de carro, e essas coisas virariam um cataclismo que colocaria Donnie numa situação em que ele não teria escolha além de realinhar as coisas ao colocar aquela turbina de volta no seu lugar. Para falar a verdade, foi escrito tão rapidamente que eu não saberia explicar como juntei tudo aquilo.

VOCÊ NÃO CHEGOU A FICAR TRAVADO DURANTE O PROCESSO DE ESCRITA?

Não. Eu só continuei escrevendo. Nunca parei para mudar nada, saiu desse jeito. Era muito longo, 150 páginas, mas era bem próximo do que você vê no filme pronto. O filme nunca teria sido o que é se eu tivesse parado e duvidado de mim porque eu provavelmente ficaria com medo. Todo mundo passa por aquela crise após a faculdade onde estão sempre duvidando de cada decisão que tomaram enquanto estão dando seus primeiros passos, incertos, rumo à vida adulta. O filme foi escrito nesse momento.

VOCÊ JÁ ESCREVEU BASTANTE DESDE ENTÃO. QUANDO UM ROTEIRO NÃO ESTÁ FUNCIONANDO DO JEITO QUE VOCÊ QUERIA, COMO LIDA COM ESSES MOMENTOS DE DÚVIDA QUE APARECEM DURANTE O PROCESSO DE ESCRITA?

Das duas, uma: ou vou a um bar, ou vou à academia. A única forma que consigo lidar com a ansiedade é sendo uma pessoa normal e saindo para socializar ou para fazer exercício. Ficar sozinho só perpetua o sentimento de ansiedade. Escrever pode ser uma profissão solitária, então quando não estou escrevendo, preciso estar cercado de gente.

VOCÊ DISSE: "QUERO COMUNICAR A IDEIA DE QUE ESSA É UMA FANTASIA, UMA FÁBULA, DESDE O INÍCIO. MAS É BASTANTE INTENSA – O ARQUÉTIPO DO GAROTO DE HISTÓRIA EM QUADRINHOS QUE SE FERRA". SE É UMA FANTASIA, POR QUE VOCÊ REPRESENTOU A VIDA DE DONNIE DE FORMA TÃO REALISTA?

Esse é o lance da fantasia, por que ela é tão difícil de fazer. Para mim, para que a fantasia funcione pra valer, precisa haver uma camada de realismo absoluto. Se você vai ter portais do tempo, um coelhinho e lanças líquidas que nascem do peito das pessoas, se você segue em direção a algo tão fantástico, precisa ter raízes numa representação realista. Caso contrário, esses elementos fantásticos vão desmoronar. Isso se tornou uma regra na minha cabeça. Da maneira como filmamos certas coisas, tentamos ter um alto grau de naturalismo, para não perdermos o equilíbrio com os elementos fantásticos.

DONNIE DARKO É DIAGNOSTICADO COMO UM ESQUIZOFRÊNICO LIMÍTROFE. SERÁ QUE O CONTATO COM O TRABALHO DE SUA MÃE COM AS "OVELHAS NEGRAS" PODEM TÊ-LO INFLUENCIADO AO CONSTRUIR SEU PERSONAGEM?

Sempre ouvia por alto minha mãe falando sobre isso, mas ela nunca falava na minha frente. Na verdade, me lembro de um garoto, quando eu tinha 13 ou 14 anos, que estava na minha turma mesmo tendo 18. Fazíamos aula de economia doméstica, e sempre podíamos ver pó branco em suas narinas. Ele ficava cheirando e tossindo e coçando o nariz e estava todo trincado e nós o encarávamos com uma fascinação mórbida e nos perguntávamos: "Caramba, como assim?". Nossa professora achava que ele estava resfriado. Ela não tinha a menor ideia de que ele estava trincadão. Nós morríamos de medo dele, mas ao mesmo tempo éramos completamente fascinados por ele e por suas estranhezas.

PRA MIM, AMBIGUIDADE É UM GRANDE MOTIVO PRO SEU FILME TER FEITO TANTO SUCESSO. ENQUANTO ESCREVIA, EM ALGUM MOMENTO VOCÊ SE SENTIU TENTADO A DAR À PLATEIA MAIS INFORMAÇÕES PARA QUE ELES CONSEGUISSEM JUNTAR OS PONTINHOS MAIS FACILMENTE? POR EXEMPLO, DA PRIMEIRA VEZ QUE ASSISTI AO FILME, NÃO NOTEI QUE DONNIE HAVIA SALVADO SUA COMUNIDADE DE UMA DESTRUIÇÃO APOCALÍPTICA.

Quando estava escrevendo o roteiro, morria de medo que eu esclarecesse o final mais do que eu fiz, que o filme tombasse por sua própria pretensão. Estava apavorado que a coisa toda se tornasse um empreendimento totalmente pretensioso. Quem sabe se eu consegui evitar isso, mas quando se está explorando "Grandes Ideias", você corre o risco de que a coisa toda exploda bem na sua cara. Por respeito à plateia, e sem querer alienar parte dela, optei em responder apenas parte das questões levantadas pelo filme. Para terminar com algo do tipo "Era tudo um sonho" ou "Foi obra de Deus" — essas são conclusões que sempre me irritaram no cinema. A vida nunca é sobre uma coisa só. Eu também preciso dar muito crédito a Sean McKittrick, Nancy Juvonen e Jake Gyllenhaal. Eles sempre foram muito firmes em não deixar que existisse uma resposta ou uma solução única. Sou muito grato ao fato deles apoiarem essa ideia, porque o filme teria desmoronado e se transformado numa pretensão inassistível se déssemos a ele uma solução única. Mas irrita certas pessoas que não exista uma solução única e simples. Existem certas pessoas na plateia que vão ao cinema e querem saber exatamente o que tudo significa. Infelizmente para elas, meu filme jamais será um desses.

DE UMA FORMA PARECIDA, VOCÊ NUNCA MOSTRA DARKO COM PODERES DE SUPER-HERÓI DURANTE OS DOIS TERÇOS INICIAIS DO FILME. QUÃO IMPORTANTE FOI A DECISÃO DE FAZER UM FILME SCI-FI COM UM SUPER-HERÓI SEM NUNCA MOSTRAR SEUS SUPERPODERES EM AÇÃO?

Teria sido cafona ver Donnie levitando e cravando um machado na estátua. Teria sido exagerado. Tentamos manter o mistério com a velha máxima de que "menos é mais". Tínhamos muito cuidado sobre o que decidíamos mostrar e o que decidíamos esconder. Muitas vezes, era uma questão de orçamento. Eu temo pelo que posso vir a fazer quando tiver muita verba. Provavelmente faria algo terrível.

O ORÇAMENTO RESTRITO TAMBÉM FUNCIONOU PARA OS CRIADORES DE *A BRUXA DE BLAIR* (*THE BLAIR WITCH PROJECT*, 1999).

Sim. E em *Tubarão* (*Jaws*, 1975) também. Bem, com *Tubarão* não foi uma questão de verba; o tubarão não funcionava. Eles mal podiam mostrar o bicho, o que deixou o filme ainda melhor.

DE ONDE VEIO A IDEIA PARA OS INFOMERCIAIS DA CUNNING VISIONS?

Tudo foi recriado de coisas a que fomos expostos no oitavo e no nono ano. Tínhamos que seguir um currículo muito similar àquele de que eu estava zombando. Filmamos os infomerciais no rancho do Patrick Swayze em Calabassas. Foi muito divertido dirigir aqueles infomerciais. Nosso diretor de fotografia, Steven Poster, estava lá. Ele, que iluminou um filme do Ridley Scott, tentava iluminar um infomercial que ficasse cafona mas ainda assim belo em sua cafonice. Tentar fazer algo com tamanha disparidade foi um desafio para ele. Adoro fazer infomerciais; quero fazer os maiores infomerciais de todos os tempos.

A MÚSICA USADA NO FILME – THE CHURCH, ECHO AND THE BUNNYMEN, TEARS FOR FEARS – FOI MUITO EFICAZ E EVOCATIVA DAQUELA ÉPOCA. ATÉ QUE PONTO DURANTE O PROCESSO DE ESCRITA A MÚSICA TORNOU-SE PARTE INTEGRAL DA NARRATIVA?

Havia uma canção do INXS escrita no roteiro, na abertura, e uma do Tears for Fears escrita em algum outro lugar. Essas duas partes foram planejadas como sequências musicais. Quando uma canção é usada num filme — estou pensando em *Pulp Fiction* (1994), ou *Os Bons Companheiros* (*Goodfellas*, 1990), ou *Boogie Nights: Prazer Sem Limites* (1997) — você vê o filme ganhar vida de um jeito todo novo. As imagens e a música trabalham juntas como um grande tango e é totalmente mágico. Eu percebi que havia oportunidades na história para pôr um código musical nas experiências dos personagens daquela época. Escolher as canções não foi, de nossa parte, algo para zombar ou tirar onda com os anos 1980. O filme zombava daquela época, mas não queríamos fazer o mesmo com a música. Queríamos que a música fosse sincera.

VOCÊ ESCUTA MÚSICA QUANDO ESTÁ ESCREVENDO?

Sim, o tempo todo. Escuto uma porrada de música. O que comecei a fazer agora é gravar um CD para acompanhar o roteiro. Coloco as canções no roteiro e peço às pessoas que escutem o CD enquanto estão lendo.

AJUDA A ESTABELECER O TOM?

Certamente. Você consegue ver o filme; consegue ouvi-lo enquanto está lendo o roteiro. Também ajuda a comunicar sua visão se você usar a música. Eu uso música clássica; às vezes, uso uma trilha temporária de outro filme, e, de vez em quando, escuto a trilha de outro filme no meu walkman enquanto estou escrevendo. É muito útil.

ACHEI QUE A PRIMEIRA CENA DA FAMÍLIA JANTANDO, QUANDO TODOS SE SENTAM PARA COMER PIZZA E DISCUTIR POLÍTICA, AJUDOU A ESTABELECER O TOM DO FILME. PARTICULARMENTE AS PIADAS SOBRE "CUZONA" E "CHUPAR UMA FODA".

Esta entrevista está ficando muito acadêmica! Dois de meus irmãos da fraternidade, Bill Endemann e Justyn Wilson, costumavam travar essas malditas guerras de insultos e sempre retrocediam para uma combinação criativa de palavrões — e "cuzona" era uma das que ficaram na memória. Eu devo crédito a eles por isso. Há algo muito bizarro na combinação de palavrões. Numa família, o que começa como uma discussão política pode retroceder para uma discussão sobre "O que é uma cuzona?". Me parece cobrir bem o espectro de uma conversa durante uma refeição familiar.

SEMPRE ACHEI ISSO INTERESSANTE PORQUE DIZ ALGO A RESPEITO DOS PAIS. ELES FICARAM MAIS INSULTADOS COM OS COMENTÁRIOS POLÍTICOS SOBRE VOTAR EM MICHAEL DUKAKIS [CANDIDATO DO PARTIDO DEMOCRATA ÀS ELEIÇÕES PRESIDENCIAIS NORTE-AMERICANAS DE 1988] DO QUE PELO TERMO "CUZONA" SER USADO NA FRENTE DE SUA FILHA DE 9 ANOS.

Essa não é a família em que eu cresci, mas para mim há algo interessante sobre uma família que é tão progressista em sua falta de inibição e ainda assim é politicamente muito conservadora. Há algo de interessante sobre essa dicotomia porque eu acredito que ela exista: um ambiente onde a família é completamente aberta à linguagem e à sexualidade, onde as crianças tenham a confiança de discordar completamente de seus pais sobre política. Sem saber, os pais criaram um ambiente progressista, de mente aberta, dentro de um lar politicamente conservador; eles criaram seus próprios "monstros progressistas". É uma disparidade incomum, mas foi intencional. Pela maneira tradicional de mostrar pais republicanos conservadores, eles não permitiriam que seus filhos falassem palavrão. Muita gente em Hollywood é progressista, então é muito fácil ridicularizar os conservadores.

Eu venho de uma família conservadora. Venho da terra dos republicanos. Essas são pessoas que eu amo e por quem me importo. Você precisa respeitar ambos os lados do sistema político. Precisa respeitar os dois partidos, e ainda que você possa discordar de muitas coisas que um partido representa, precisa tentar compreender as razões para alguém pensar daquela forma; do contrário, vocês nunca vão chegar a uma solução. Eu não quis demonizar um personagem porque eles eram conservadores ou por serem republicanos. Isso seria intransigente, e como autor, não é minha responsabilidade tentar empurrar uma ideologia política em cima de alguém demonizando o lado oposto. Eu queria ter certeza de que a plateia iria amar aqueles pais.

VOCÊ TEVE ALGUM PROBLEMA ESCREVENDO O PAPEL DA PSIQUIATRA? É UM PAPEL LIMITADO, EMOCIONALMENTE FALANDO, DEVIDO ÀS RESTRIÇÕES DA RELAÇÃO ENTRE MÉDICO E PACIENTE.

O papel da dra. Thurman se desenvolve até a cena final, que, para mim, é a mais emotiva do filme. Quando Donnie está hipnotizado, você vê o horror nos olhos dela, vê que ela está tentando lutar contra o que esse garoto está sentindo. A última cena deles juntos tem o diálogo mais emotivo do filme. Katharine Ross interpretou esse diálogo de forma bastante contida, e eu só posso louvá-la por isso. Ela trouxe uma circunspecção e uma dignidade ao papel. É sempre uma escolha corajosa para um ator atuar um tom a menos do que exagerar. Este filme estava equilibrando tantas coisas ao mesmo tempo que qualquer atuação exagerada o teria feito desabar. Sempre que eu sentia que corríamos o risco de fazer algo muito caricato, eu me assegurava de puxar o freio e nos conter. A única coisa de que me arrependo nas cenas com a terapeuta é que há uma trama paralela sobre ela dar placebos a Donnie, no lugar de remédios. Gostaria que ainda estivesse no filme, porque acho que esclareceria as intenções dela.

É perigoso e assustador,
mas se isso é o que você quer fazer da vida,
e quer fazer bem-feito,
precisa estar disposto a se expor.

O QUE VOCÊ DIRIA SOBRE ESSA PERSONAGEM?

Que ela não acha que Donnie seja louco. Ela está tentando chegar à raiz dos problemas dele através da psicologia, e não da medicação; está tentando fazê-lo expor coisas supostamente porque a medicação está fazendo com que ele melhore, quando, de fato, ele mesmo é responsável por isso, de forma natural, sem o uso de drogas.

VOCÊ DISSE EM VÁRIAS ENTREVISTAS QUE NÃO É DONNIE DARKO. ENTRETANTO, DONNIE DIZ À SUA NOVA NAMORADA QUE ELE QUER SER UM ESCRITOR OU UM PINTOR, DOIS DE SEUS TALENTOS QUE APARECEM NESSE FILME. É CERTO DIZER QUE O PERSONAGEM DONNIE DARKO É AO MENOS PARCIALMENTE AUTOBIOGRÁFICO?

Admito que há muitas partes minhas nesse personagem. Mas eu nunca fui diagnosticado como doente mental. Entretanto, existem muitas partes dele que fazem parte de mim. É inevitável. Arte é pessoal. Para mim, todos os artistas que admiro se expõem. É perigoso se expor porque você sempre corre o risco de que todos vejam que grande babaca você é. É perigoso e assustador, mas se isso é o que você quer fazer da vida, e quer fazer bem-feito, precisa estar disposto a se expor.

A CONVERSA SOBRE OS SMURFS ALIVIA O TOM DO FILME E TRAZ CERTO ALÍVIO CÔMICO NUM PONTO CRUCIAL DA NARRATIVA, UM POUCO ANTES DO CLÍMAX DO HALLOWEEN. DE ONDE VEIO A IDEIA DESSA CENA?

Eu tive essa conversa pra valer com alguns amigos em algum momento, acho. Enquanto crescíamos, todos nós ficamos obcecados com os Smurfs em determinada idade. Havia uma reação negativa aos Smurfs. Existem vários sites que alegam que os Smurfs são comunistas ou satanistas. Há uma fascinação cultural com esse desenho. Sei lá por quê, se tornou uma conversa fútil sobre a obsessão adolescente com sexo, mencionando um desenho polêmico que também é um marco cultural. Há algo mais ali do que apenas uma cena de diálogo irreverente de pretendentes a Tarantino. Havia a intenção de um subtexto naquela cena, não sei se alguém pescou, mas era o que estava tentando fazer.

PODERIA ME DIZER ALGO SOBRE COMO VOCÊ CHEGOU À CENA EM QUE DONNIE BATE COM SUA FACA NO ESPELHO DO BANHEIRO E OLHA FRANK DO OUTRO LADO?

A ideia por trás das cenas do banheiro era criar um ambiente que abrigasse Frank. Eu sempre me perguntei, ao assistir um filme quando era garoto, o que acontece se você encostar num fantasma ou numa aparição? Se você o vê constantemente, não tentaria tocar nele? Na minha cabeça, parecia lógico que houvesse alguma forma que abrigasse a aparição. Para mim, seria algo como uma barreira d'água. Tentei abordar a metafísica por trás da barreira d'água no livro de viagem no tempo. Tentar articular essa lógica no filme seria demais. Seria um filme de doze horas!

COMO VOCÊ ELABOROU A COMPUTAÇÃO GRÁFICA, COMO QUANDO A LANÇA GUIA DONNIE ATÉ A COZINHA?

Os atores usaram umas lanternas pequenas sobre o peito. As lanças líquidas foram então equiparadas aos movimentos dos atores. Foi muito mais complicado quando a câmera precisava se mover ou acompanhar um ator. Havia um design específico das lanças para cada personagem. Cada uma deveria ter sua própria personalidade. A lança de Donnie fica alarmada quando ela percebe que seu hospedeiro pode vê-la. Ela começa a puxá-lo escada acima. Para mim, o efeito pode ser muito engraçado ou perturbador demais. Fico doido pensando sobre o que pode estar implícito.

FOI DIFÍCIL INCORPORAR A COMPUTAÇÃO GRÁFICA NO FILME DURANTE A PÓS-PRODUÇÃO?

Sempre existem os pessimistas que me diziam que não funcionaria, que ficaria estúpido. Eu respondi às suas críticas mostrando trechos de *Almas Gêmeas* (*Heavenly Creatures*, 1994), de Peter Jackson. Lá, você pode ver computação gráfica que representavam a demência da personagem. Os efeitos eram assustadores porque Kate Winslet e Melanie Lynskey reagiram muito bem a eles. Felizmente, Jake fez os efeitos funcionarem. Os efeitos em *Donnie Darko* são específicos para a história. Sabíamos que estávamos tentando fazer uma história em quadrinhos de Salvador Dalí. Algumas pessoas dizem que é apenas uma homenagem de faculdade ao filme *O Segredo do Abismo* (*The Abyss*, 1989). Para ser honesto, não consegui pensar numa maneira melhor de ilustrar a ideia metafísica da predestinação, e eu queria fazer a conexão com a barreira d'água nas cenas do banheiro. Não tenho certeza se voltarei a usar computação gráfica de novo, a menos que um personagem esteja confrontando algum tipo de demência. Minha regra sobre o digital é: use apenas se for absolutamente necessário.

VOCÊ MENCIONOU QUE, ENQUANTO ESTAVA CONCEBENDO O FILME, FOI INFLUENCIADO POR UM TIRA-TEIMA DE FUTEBOL AMERICANO.

O comentarista de futebol americano John Madden tinha uma ferramenta que o permitia desenhar na tela da TV quando eles reprisavam o último lance durante uma partida. Ele desenhava linhas na tela mostrando exatamente o que iria acontecer, para onde os jogadores iriam se mover. Acredito que era chamado de *CBS Chalkboard*. Isso inspirou a cena onde as lanças surgem do peito de Donnie. Pensei: "E se existe algum John Madden em algum lugar do cosmos que aperta o botão de pause e desenha linhas nos dizendo aonde ir?". Pensei nisso e em que tipo de caixa de Pandora isso abriria em termos de ideias. Você pode pensar a respeito por horas, e eu pensei nisso por horas, e a única maneira de parar de pensar a respeito foi colocar isso no roteiro como um elemento metafísico.

**Meus roteiros tendem a ser longos,
mas à medida que me tornei mais experiente,
encontrei um ritmo para meu jeito de escrever.**

VOCÊ PODERIA ME CONTAR ALGO SOBRE
A FILOSOFIA DA VIAGEM NO TEMPO?

Estávamos nos preparando para levar o filme aos cinemas, e havia muita ansiedade: a ansiedade do Onze de Setembro, a ansiedade pelo filme não ter nenhuma verba de marketing, dele não ficar pronto para o lançamento, de ele desaparecer em um par de semanas e de eu querer me livrar dele logo. Senti que precisava resolver a charada do meu jeito como uma válvula de escape. Era um jeito meu de responder a todas as questões fora do filme. Eu não queria responder dentro do filme por motivos que já discutimos. Mas, ao mesmo tempo, senti que era um jeito de chegar a um acordo com esse mistério que eu havia criado. Escrever aquelas páginas foi uma maneira de dizer: "Eis minha teoria, posso estar errado, mas aqui está". Eu me considerei como um simples espectador enquanto as escrevia, não como o cineasta. Foi feito para servir como uma linha de raciocínio que as pessoas podiam concordar ou discordar. Atualmente, acho que aquelas páginas provavelmente fizeram as pessoas indagarem mais sobre o que tudo aquilo significa.

QUANTOS TRATAMENTOS DO ROTEIRO VOCÊ ESCREVEU ANTES DE MOSTRÁ-LO A SEAN MCKITTRICK?

Provavelmente dois antes de mostrar a Sean, depois nós fizemos mais uns dois, quando cortamos até chegar a 128 páginas. Quando mostrei a Sean, ele tinha umas 140. Meus roteiros tendem a ser longos, mas à medida que me tornei mais experiente, encontrei um ritmo para meu jeito de escrever. Encontrei uma forma de editar enquanto estou escrevendo, em vez de editar após terminar um tratamento. Então, ao terminar o primeiro tratamento, ele já se parece mais com um terceiro tratamento.

VOCÊ FICOU SURPRESO QUANDO A CREATIVE ARTISTS AGENCY (CAA) QUIS CONTRATÁ-LO COMO CLIENTE APÓS LER SEU ROTEIRO?

Fiquei de queixo caído. Recebi o telefonema de dois agentes, chamados John Campisi e Rob Paris. Foi completamente inesperado. Eu pensava que talvez encontrasse um advogado em algum lugar que talvez quisesse me ensinar algumas coisas. Não tinha ideia de que seria contratado pela maior e mais poderosa agência de talentos de Hollywood. Veio do nada. Aquele foi provavelmente o momento mais transformador de minha vida, porque ninguém iria ler o roteiro se não tivesse o carimbo da agência na capa. É mais fácil ganhar na loteria do que conseguir alguém que leia seu roteiro em Hollywood.

VOCÊ ACHA QUE REALMENTE AJUDA TER UM AGENTE DO SEU LADO, CONSTRUINDO SUA PERSONA?

Esta cidade é construída sobre o *hype* e sobre o medo das pessoas de estarem perdendo algo. Se um agente importante lhe apoia, isso quer dizer alguma coisa. No final das contas, é o trabalho, é o roteiro que importa. Mas para que ele seja lido, você precisa de alguém que consiga criar uma sensação de urgência em volta do seu roteiro. É algo incalculável na hora de fazer um filme. Com seu material bem posicionado, as pessoas vão agir feito marionetes e jogar dinheiro sobre a mesa e deixá-lo trabalhar.

VOCÊ RODOU COM SEU ROTEIRO PELOS ESTÚDIOS DE HOLLYWOOD. COMO FORAM AS REAÇÕES À ELE?

Algumas pessoas ficaram fascinadas de verdade por ele e realmente queriam ver o filme pronto. Havia outras a quem disseram que elas deveriam se interessar pelo filme porque outras pessoas estavam interessadas nele, que elas deveriam se encontrar comigo porque outras pessoas estavam se encontrando comigo. Esses indivíduos não entendiam o filme, pensavam que era impossível de produzir, pensavam que eu fumava crack porque eu exigia dirigi-lo. Então houve o interesse legítimo e sincero e houve aqueles que se encontraram comigo só para dizer que se encontraram comigo.

VOCÊ LEVOU UM ANO VENDENDO O PROJETO. SENTIA ESTAR PERDENDO MUITO TEMPO EM REUNIÕES?

É claro. Rolavam muitas reuniões onde o executivo de projetos apenas acenava com a cabeça e jogava fumaça na sua cara. Eles se esqueciam de você trinta segundos depois que você saísse pela porta.

NÃO ACHAVA ISSO FRUSTRANTE?

Quando não há provas concretas, quando você ainda não fez nenhum filme, eles não têm motivo para te levar a sério.

As pessoas podem se achar muito superiores quando encontram diretores de primeira viagem ou pretendentes a diretor. É uma cidade durona, e você precisa se posicionar e se articular muito claramente, com senso de confiança; do contrário, eles nunca te darão uma chance. A superioridade e rejeição dos outros me deixaram irado e frustrado, mas a ira e a frustração me deixaram ainda mais determinado. Essa determinação acabou por me dar confiança porque eu queria provar que eles estavam errados.

COMO UM MECANISMO DE DEFESA, VOCÊ DISSE QUE DESENVOLVEU UM CERTO TIPO DE ARROGÂNCIA. ESSA POSTURA FOI ÚTIL?

Você precisa ter muito cuidado sobre ser arrogante demais, porque pode rapidamente se transformar num babaca. É mais uma questão de ser confiante. Mas confiança pode se transformar em arrogância rapidamente, e você precisa tomar muito cuidado com isso. Não dá pra dirigir um filme a menos que você tenha uma presença de comando no set; do contrário, as pessoas vão se aproveitar de você. Existem muitos diretores de tabela prontos para chegar e lhe dizer como fazer seu trabalho. Acontece muito com diretores de primeira viagem — eles começam a afundar e perdem o controle. Então, desde o primeiro dia você precisa se posicionar como a pessoa no comando. Quando se tem 25 anos e nunca se fez um filme antes, é preciso ter muito cuidado, porque você pode se tornar uma prima-dona, um babacão.

PELO JEITO HAVIA UM QUÊ DE ESPETÁCULO NA MANEIRA COMO VOCÊ VENDIA SUA VISÃO DO FILME. COMO VOCÊ E SEAN SE PREPARARAM PARA VENDER O PROJETO?

Vender um filme é algo horroroso. Odeio o termo *pitch* [apresentar com objetivo de vender um projeto]. Não tem nada a ver com ser um artista. Você não precisa saber como se vender para ser um bom artista, mas é um mal necessário. Você precisa ir lá e articular suas ideias claramente, e responder a todas as perguntas que eles jogarem em cima de você. Muitas pessoas percebem que se alguém é apenas um bom vendedor e nada mais do que isso, o trabalho não vai adiante. Acho que quando você extrapola na apresentação, pode ser uma cortina de fumaça escondendo o fato de que não há nada ali. Se você é um pouco esquisito, um pouco desorganizado, um pouco escorregadio no seu discurso de como vai dirigir um filme, eu não me preocuparia muito, desde que seja honesto. Acho que as pessoas dão muita ênfase em surpreender as pessoas na reunião. Está virando algo como um episódio de *American Idol*.

ENTÃO COMO FOI SEU "ESPETÁCULO" PARA OS EXECUTIVOS DOS ESTÚDIOS?

Eu explicava para eles o estilo, o tom do filme, como eu gostaria de montar o elenco, como seria fotografado. Você ganha experiência, e isso se torna mais fácil a cada reunião. Às vezes, eu entrava na sala com o Sean e imediatamente a reunião terminava porque eles estavam esperando pelo Tim Burton e no lugar dele entravam estes rejeitados do elenco [da série de TV] *Dawson's Creek* (1998-2003). Diziam apenas: "Esqueça. Não vai rolar. Vocês são jovens demais. Você não se parece com um diretor". Você precisa lidar com isso e seguir em frente até a próxima reunião.

SABENDO QUE OS ESTÚDIOS RARAMENTE DÃO DINHEIRO A UM DIRETOR ESTREANTE, VOCÊ FICOU PREOCUPADO EM SE PERDER COM SUA POSTURA CONFIANTE?

Não, porque essa era minha única carta na manga. Minha única cartada era esse roteiro de que as pessoas gostavam, e era meu, e eu não o venderia. Eles queriam tirá-lo de mim, e eu não o entregaria. Depois de um tempo, eles começaram a pensar: "Talvez ele consiga. Ele está segurando a onda por tanto tempo. Talvez ele saiba mesmo o que fazer com o filme". Por fim, Drew Barrymore foi contratada e esse foi o aval que eles precisavam.

DEPOIS DE UM ANO DE APRESENTAÇÕES, *DONNIE DARKO* FOI CONSIDERADO MORTO EM HOLLYWOOD. MAS AÍ JASON SCHWARTZMAN, O ASTRO DE *TRÊS É DEMAIS* (*RUSHMORE*, 1998), SE ENVOLVEU NO PROJETO. COMO FOI QUE ACONTECEU?

O roteiro tinha sido xerocado centenas de vezes e rodou por aí. Era um roteiro que todo mundo estava lendo como um exemplo de script, e muita gente se interessou por ele. Atores passaram a lê-lo por curiosidade. Um passarinho nos contou que Jason tinha gostado e feito perguntas sobre ele ao seu agente. Mas entre os agentes da cidade, o projeto estava morto. Executivos de desenvolvimento adoram declarar que um projeto está morto. Mas, na verdade, ele continuava ali, esperando para ser produzido; eu ainda queria fazê-lo. Então nós tivemos uma reunião com Jason e ele nos disse que queria participar, ficou envolvido, e de repente as pessoas saíram da toca, e *Donnie Darko* estava vivo de novo. Começamos a ficar animados, e em pouco tempo tínhamos uma oferta da Pandora para fazer o filme por 2,5 milhões de dólares. Durante esse tempo, Sharon Sheinwold, agente de Jason, que nos deu um apoio inacreditável, mandou o roteiro a Nancy Juvonen, da Flower Films. Nancy o leu no avião, indo a Las Vegas, surtou, entregou o roteiro a Drew, e ambas abordaram meu agente em ShoWest, dizendo que queriam participar e me ajudar a produzir o filme. Aí meu agente me ligou e me deu as boas-novas, e eu fui convidado a me encontrar com elas. Dois dias depois, Sean e eu dirigimos até as filmagens de *As Panteras* (*Charlie's Angels*, 2000), e fomos para o trailer com Drew, seus cães e Nancy. Eu a convidei para o papel da professora de inglês que é demitida, e ela disse que adoraria interpretá-la se deixássemos a Flower Films, produtora dela, participar do filme. Nós apertamos as mãos e antes que nos déssemos conta, nossa verba estava em 4,5 milhões de dólares, que era de quanto realmente precisávamos para filmar. Foi como ir à Disneylândia.

O QUE VOCÊ PODE ME CONTAR SOBRE O ENCONTRO COM DREW BARRYMORE? QUAIS ERAM SUAS EXPECTATIVAS?

Nunca fico nervoso quando encontro celebridades, mas com a Drew a história foi diferente. Nós temos a mesma idade, mas na verdade, não. Ela viveu muito mais a vida do que eu. Pessoalmente, ela é a mulher mais acessível e mais afetuosa que você vai encontrar. E pensar que ela seria uma mentora e madrinha desse projeto acabou sendo perfeitamente poético. Parecia que as estrelas estavam alinhadas.

POR CAUSA DE SEU APEGO POR *E.T.*?

Havia algo nela e no que ela passou em sua vida que fazia dela a mentora certa para esse projeto. Acho que ela e Nancy também tiveram experiência com aqueles encontros, quando elas entravam numa reunião e diziam: "Somos produtoras", e os outros reviravam os olhos. Acho que elas se identificaram com nossa batalha para sermos levados a sério. Elas estavam dispostas a apostar em mim e Sean. Outros produtores mais estabelecidos não queriam fazer o mesmo; eram muito céticos e sem vontade de olhar mais adiante.

COMO SEU DIRETOR DE FOTOGRAFIA, STEVEN POSTER, SE ENVOLVEU?

Estávamos vasculhando uma pilha de currículos e notei que ele tinha feito um filme de Ridley Scott, *Perigo na Noite* (*Someone to Watch Over Me*, 1987) Fiquei pasmo de ver que poderíamos pagar por alguém que havia fotografado um filme de Ridley Scott. Após fazer um filme do Ridley Scott, você pode se aposentar, você chegou lá. Steven não fazia um filme havia dois anos; ele estava fazendo comerciais e videoclipes. Marquei um encontro com Steven e a primeira coisa que ele me disse foi: "Quero que você saiba de duas coisas. Primeiro, quero que esqueça nossa diferença de idade. Segundo, não quero ser um diretor, então não se preocupe, não vou tentar tirar esse filme de você". Aquilo me tranquilizou, então eu implorei para que ele aceitasse o emprego, cortasse os custos e trabalhasse no filme. Foi uma colaboração incrível. Ele nos trouxe lentes anamórficas. Poucos cineastas conseguem usar lentes anamórficas em seus primeiros filmes porque elas são caras e difíceis de usar, pois demandava um enorme tempo para se preparar a iluminação. Conquistamos esses privilégios por causa de Steven Poster: por causa de sua reputação, sua equipe e seu relacionamento com a Panavision. Ele conseguiu uma quantidade de equipamentos incomparável por bem pouca grana, e conseguiu um desconto sensacional com a Panavision. Ele é a razão da imagem do filme ser do jeito que é.

A CAA AJUDOU A GARANTIR SEU TALENTOSO E RECONHECIDO ELENCO?

Quando Drew assinou o contrato, o filme virou algo de que todo mundo queria participar. Ela aceitou fazer o filme pelo preço de tabela. Isso abriu um precedente para todos os outros atores que queriam fazer parte dele.

APÓS JAKE GYLLENHAAL ASSINAR O CONTRATO, VOCÊS SE ENCONTRARAM DURANTE UM MÊS PARA LEITURAS DO ROTEIRO. COMO VOCÊS DOIS TRABALHARAM NESSAS LEITURAS?

Jake vem de uma família de cineastas. Adoro quando um ator vem até mim com questões muito específicas a respeito de um personagem. Significa que eles estão investindo no roteiro, que estão se apropriando dele após digeri-lo. Ele vinha até minha casa com um monte de anotações, e nós debatíamos e negociávamos de que maneira queríamos ajustar cada linha. Talvez outros diretores vejam essa experiência como um pesadelo, receber um ator e deixá-lo polir o roteiro, mas eu estava de boa com isso. Isso ajudou sua atuação e eu provavelmente farei o mesmo novamente com o ator principal do meu próximo filme.

PODERIA ME DIZER ALGO SOBRE SUA ESTRATÉGIA NA PRÉ-PRODUÇÃO A RESPEITO DO DESIGN DO FILME? ELE TEM UM LOOK MUITO ESPECÍFICO, COM SUAS COMPOSIÇÕES FORMAIS E CENÁRIOS COMPLEXOS.

Mostrei diversos filmes à minha equipe. Como referência à iluminação, eu lhes mostrei *Peggy Sue, Seu Passado a Espera*

(*Peggy Sue Got Married*, 1986), de Francis Ford Coppola, que foi fotografado pelo saudoso Jordan Cronenweth. Seu trabalho na sequência do baile tem uma nostalgia idealizada, um saudosismo elegante, refinado, que eu queria emular em várias sequências noturnas, tanto internas quanto externas. Além disso, o vestido de baile de Kathleen Turner — eu quis usar figurinos similares para as bailarinas das Sparkle Motion. Queria produzir um sentimento à lá Norman Rockwell[2] em Middlesex, e sentia que Cronenweth capturou esse estilo naquele filme. Como uma referência tonal, assistimos a *Lolita* (1962), de Kubrick. O absurdo daquele filme. Levantamos algumas coisas: recriamos o figurino de Vivian Darkbloom para Maggie Gyllenhaal usar na festa de Halloween; os spots inferiores no palco durante a performance das Sparkle Motion foram tirados da peça teatral de *Lolita*. A tonalidade daquele filme era similar à que eu queria estabelecer em *Donnie Darko* — seu humor absurdo e seu *páthos*.

VOCÊ NÃO FEZ O STORYBOARD ANTES DE VISITAR AS LOCAÇÕES?

Você consegue adiantar seu storyboard, mas não consegue um storyboard preciso do filme até fechar todas as locações. Quando conseguimos as locações, fomos numa visita técnica prévia e eu tirei centenas de fotografias de todos os ângulos. Então escolhi as fotos dos ângulos que queríamos usar e as entreguei ao ilustrador de storyboard. Elas deixaram o storyboard mais preciso.

2 Pintor e ilustrador norte-americano (1894-1978), famoso por seus traços meticulosos e por desenhar cenas cotidianas de um Estados Unidos inocente e quase perfeito.

Foi o paraíso. Tão maravilhoso.
A alvorada no topo do mundo,
e eu tinha acabado de dirigir
o primeiro plano do meu primeiro filme.

É INTERESSANTE QUE TENHA USADO UM PROFISSIONAL
QUANDO VOCÊ MESMO É UM ILUSTRADOR EXPERIENTE.

Não conseguiria desenhar o storyboard, pois eu perderia uma hora em cada quadro. Teria sido uma perda de tempo. Eu começaria a sombrear tudo, adicionando sombras, teria se tornado um trabalho realmente tedioso.

VOCÊ PODERIA ME DIZER ALGUMA COISA
SOBRE O PRIMEIRO DIA DE FILMAGEM?

Foi o primeiro plano do filme na colina. O sol havia acabado de nascer e estava sensacional. Era um dia de fotografia de pré-produção, então nós só precisamos fazer esse plano, da neblina onde Donnie se levanta e um par de planos de cobertura. Então foi, literalmente, uma filmagem de duas horas, e voltamos pra casa. Foi o paraíso. Tão maravilhoso. A alvorada no topo do mundo, e eu tinha acabado de dirigir o primeiro plano do meu primeiro filme. Jake e eu levamos duas bicicletas e pedalamos por ali como crianças. Depois seguimos para a aventura da fotografia principal.

FILMAR LEVOU EXATAMENTE 28 DIAS. VOCÊ SENTIU
QUE ESTAVA CONSEGUINDO FAZER TUDO O QUE PRECISAVA
OU A FILMAGEM ACONTECEU RÁPIDO DEMAIS?

Foi como um trem que partiu e não tinha como parar. Apenas tentamos acompanhá-lo. A cada dia, nós corríamos para ficar dentro do cronograma. Foi intenso. Fazíamos malabarismos constantemente, trabalhando com Tom Hayslip, nosso diretor de produção, que realizava milagres pra gente: nas locações, nos cronogramas, nos orçamentos.

SEM TER MUITA EXPERIÊNCIA COM ATORES PROFISSIONAIS, VOCÊ TEMIA QUE ELES NÃO RESPONDESSEM À SUA DIREÇÃO?

Acho que eu acalmei todo mundo, logo de cara, ao dizer: "Não tenho ideia do que estou fazendo. Não sei como eu supostamente deveria falar com vocês, então vou falar com vocês como se falasse com meus amigos". Eu sabia exatamente o que queria que os personagens fossem, sabia quem eles eram, tendo desenvolvido uma história pregressa bastante interessante para cada um deles. Por exemplo, eu disse a Noah Wyle: "Esse é quem eu acho que o professor Monnitoff é: ele foi do Massachusetts Institute of Technology (MIT), trabalhou para o governo por um tempinho, então decidiu que queria ser um professor de ciências, ele fuma baseado, é diabético, adora videogames, está comendo Karen Pomeroy e rola um lance entre eles". E Noah disse: "Saquei". Era tudo o que eu sabia como fazer. Acho que vários diretores estreantes cometem o erro de passar do ponto, tentando chegar com um jeito floreado de falar. Se você mantiver tudo o mais simples possível, os atores vão responder. Ajuda se você também for o roteirista.

POR QUÊ? PORQUE ESTÁ DENTRO DE VOCÊ?

Sim. Escrever o roteiro já é meia batalha ganha na comunicação com os atores, porque você precisou tomar decisões sobre detalhes nas vidas daqueles personagens durante o processo de redação. Os personagens vêm de você.

DURANTE A PRODUÇÃO, VOCÊ ENTREGOU ANOTAÇÕES A DREW BARRYMORE QUE A AJUDARAM COM SUA ATUAÇÃO, COMO PEDIR QUE ELA SORRISSE APENAS UMA VEZ DURANTE A PERFORMANCE. PODERIA ME CONTAR ALGO SOBRE ESSA HISTÓRIA E SOBRE POR QUE ISSO A AJUDOU A REPENSAR SUA PERSONAGEM?

Drew chegou no set imediatamente após *As Panteras*, e não tivemos tempo de ensaiar com ela. Meu lance com Drew foi tentar fazê-la interpretar sua personagem como alguém que é irracional e um tanto imatura. Uma professora que ainda não teve seu espírito destruído, mas que está a caminho disso. Ela não percebe as repercussões do que está fazendo, um exemplo disso é a maneira com que alfineta os alunos. Foi uma decisão consciente de que Drew não faria a menina adorável nesse filme. Sua personagem sente esses impulsos bizarros: ela manipula os alunos desde o começo, ela humilha os garotos, tenta juntar Donnie e Gretchen. Algumas pessoas não querem que Drew faça nada além da menina adorável. É o fardo que a acompanha desde seus dias como atriz mirim, e é injusto colocar esse rótulo nela porque ela é capaz de fazer muito mais.

VOCÊ PODERIA DESCREVER, TECNICAMENTE, COMO PLANEJOU A SEQUÊNCIA EM QUE DONNIE CHEGA NA ESCOLA E NÓS SOMOS APRESENTADOS A TODOS OS PERSONAGENS PRINCIPAIS DA HISTÓRIA? O TRABALHO DE CÂMERA, O MOVIMENTO COREOGRAFADO DOS ATORES, A MÚSICA ESCOLHIDA… É UMA SEQUÊNCIA MUITO EFICAZ.

Originalmente ela foi pensada como um plano-sequência, mas a locação era tão grande que se tornou logisticamente impossível; como resultado, nós a dividimos em quatro segmentos. Ela foi coreografada para apresentar todos os personagens principais da escola, assim como fomos apresentados à família durante a canção do Echo and The

Bunnymen, e seria nosso segundo "número musical". Ela prevê uma cadeia de eventos, esse microcosmo da história como um todo que está prestes a se desdobrar.

Para apresentar os personagens de maneira eficiente, quis que cada ator estivesse fazendo algo emblemático de seu personagem. O objetivo era fazer com que a plateia entendesse exatamente quem eram aquelas pessoas sem uma única linha de diálogo. Eu me perguntei como conseguiríamos capturar a essência de um personagem num único movimento? Steven Poster preparou a escola para que tivéssemos 360 graus livres para a filmagem. Eu me escondi com ele numa das salas de aula, comandando as mudanças de velocidade da câmera ao primeiro assistente de câmera que, junto ao operador de Steadicam, eram os únicos membros da equipe nos corredores da escola. Foi uma filmagem ao vivo, os atores iam aonde eu quisesse e podiam fazer o que eu quisesse. Todos os segmentos em câmera lenta foram criados na câmera, porque eu não curto trucagens de câmera lenta. Seria inapropriado com o ritmo da canção do Tears for Fears. Os segmentos acelerados foram feitos com trucagens, exceto quando voamos através da janela para dentro da classe de Drew. Aquela cena foi feita na câmera. Sabia que ela casaria com o trecho da letra "*time flies*" [o tempo voa]. Meu editor Sam Bauer precisou cortar a música com muito cuidado, para que você não sacasse que ela estava dois minutos mais curta.

VOCÊ SE LEMBRA DE UM MOMENTO DURANTE A EDIÇÃO DO FILME QUE LHE AGRADOU E SURPREENDEU DE VERDADE? COMO MONTAR DOIS PEDAÇOS DIFERENTES CAUSOU UM IMPACTO EM VOCÊ?

Eu me lembro de que nós filmamos Donnie mandando Kitty Farmer enfiar o cartão do exercício da Linha da Vida no cu.

Ela deu aquele olhar de horror e indignação, se virou pra turma e disse: "Com licença!", e saiu. Foi hilário. Contudo, na sala de edição, percebi que seria muito mais engraçado se cortássemos antes, direto para o escritório do diretor. Você fica imaginando o que ele disse, preparando a piada um pouquinho mais. Quando Kitty a repete no fundo, na frente dos pais e o pai ri, aquilo se torna três vezes mais engraçado do que teria sido se víssemos Donnie dizer na cara dela. No final das contas, tudo diz respeito a criar suspense. Até mesmo a comédia é sobre criar suspense até o mote final.

QUAL FOI O MAIOR CONFLITO COM OS FINANCIADORES DURANTE A PÓS-PRODUÇÃO? VOCÊ PODERIA ME CONTAR POR QUE PRECISOU LUTAR TANTO?

Não quero me estender muito no conflito durante a pós-produção. Acontece com todos os filmes. Acho que quando você é um diretor estreante — e os outros percebem que o filme pode se tornar algo especial — todo mundo quer dar seu palpite. Esse foi o tipo de filme em que cada um tinha uma opinião específica e apaixonada sobre algo na história que eles achavam ser necessário ou desnecessário.

Mas a história era tão frágil que eu precisei lutar como o diabo para evitar que desmoronasse. Editar foi como um jogo de varetas, sendo que as varetas eram de porcelana e você não podia tomar uma cervejinha enquanto jogava. Não foi muito divertido. Se você tirasse esta cena da terapeuta ou aquela cena da escola, a trama cairia em pedaços. Às vezes, precisei gritar e, às vezes, estava certo, outras, errado. Às vezes, as pessoas davam sugestões horrorosas, outras vezes, fui um diretor teimoso e autoindulgente à beira de um ataque de nervos.

A JULGAR PELA MANEIRA DIVERTIDA DOS COMENTÁRIOS DO ELENCO E DA EQUIPE NO DVD, PARECE QUE TODO MUNDO CURTIU PARTICIPAR DO FILME. VOCÊ FEZ ALGO, COMO DIRETOR, PARA GERAR UM CERTO ESPÍRITO DE TIME ENTRE O ELENCO E A EQUIPE DURANTE AS FILMAGENS?

Acredito que quando ninguém está ali pelo dinheiro, então está porque adora o material. Você não está trabalhando pelo contracheque. Então existe uma democracia, uma ideia de que todo mundo é igual. Isso gera um espírito de comunidade. Acho que os atores realmente se divertem em filmes independentes. Acho que filmes de estúdio podem ser lentos e entediantes. O importante é o cachê, muita gente não está feliz com o roteiro. É sobre pagar a hipoteca de suas casas, é sobre posicionar suas carreiras. Quando você faz um filme independente é porque ama o roteiro. Você pode ver o entusiasmo nos olhos do ator, eu não sei se você consegue ver esse fulgor num filme de um grande estúdio.

O ORÇAMENTO FICOU EM 4,5 MILHÕES DE DÓLARES. VOCÊ DISSE QUE DEVE FAVORES A MUITAS PESSOAS QUE LHE AJUDARAM COM O FILME. QUEM SÃO ESSAS PESSOAS E QUE PAPÉIS DESEMPENHARAM PARA MANTER O FILME FINANCEIRAMENTE SOB CONTROLE?

Steven Poster conseguiu todos os descontos possíveis: iluminação, tripés, elétrica e câmeras. Tudo teve um desconto tremendo, ele ainda conseguiu que sua equipe reduzisse preços. Tom Hayslip, o diretor de produção, realizou milagres com a verba. Sean McKittrick foi incrivelmente organizado, um produtor que jogou no time. Ele me ajudou a conseguir o que eu precisava e o que eu queria, algo essencial já que sou tão desorganizado. Alexander Hammond, nosso diretor de arte, construiu os cenários com muito pouca verba e encontrou uma turbina de avião no Arizona. April Ferry, a figurinista, realizou milagres. Minha amiga Kelly Carlton fez os efeitos da barreira de água por 5 mil dólares. A equipe inteira foi incrivelmente generosa.

Mike também colecionava pilhas e pilhas de discos obscuros que ajudaram, muitas coisas que eu nunca tinha ouvido. Quer dizer, ele vai no eBay e compra uma flauta russa do século XVIII. Ele está sempre encontrando maneiras inusitadas de criar música. Ele criou a trilha do zero, de graça.

O FILME FOI LUCRATIVO?

Aqui nos Estados Unidos, ele fez apenas meio milhão de dólares, mas internacionalmente deu lucro, graças a uma boa temporada nos cinemas no Reino Unido. Os DVDs da Região 1 [Estados Unidos] venderam bem, ainda que o processo tenha se tornado um pesadelo. Quando o filme falha na bilheteria, o pessoal do departamento de vídeo surge do nada. A companhia que estava a cargo do DVD, uma produtora chinfrim chamada Silver Nitrate Home Video, insistia em repaginar o filme como um *slasher movie* adolescente. Precisei entrar em guerra com eles. Eu me lembro da primeira reunião com essa mulher do marketing num restaurante, e ela me explicava que precisávamos retirar Mary McDonnell e Katharine Ross dos créditos sobre o título porque os adolescentes não ligavam pra elas. Essas duas mulheres foram indicadas a diversos prêmios da Academia, e elas fizeram o filme pelo preço de tabela! E essa idiota quer retirar o nome delas porque acha que vai ajudar nas vendas. Era uma amostra burra e insultante de preconceito de idade contra Mary e Katharine. Eu quis jogar minha cerveja em cima dela.

EU ESTAVA ANDANDO POR LONDRES ANTES DO FILME SER LANÇADO E HAVIA ESSE RESTAURANTE QUE SE PROJETAVA PARA A ESTRADA, EXPONDO UMA ENORME PAREDE CREME. ERA UMA TELA EM BRANCO PARA UM GRAFITEIRO. NA PAREDE, EM GRANDES LETRAS DE FORMA, HAVIA UM GRAFITE COM AS PALAVRAS *DONNIE DARKO*.

É, havia grafites por Londres inteira. Tom Grievson, do Metrodome, exibiu o filme para vários dos maiores artistas de rua em Londres. Acho que eles piraram com *Donnie Darko*. Virou uma campanha rebelde, os grafiteiros decidiram promover nosso filme por vontade própria. Eles também fizeram uma incrível exibição de arte. Nunca pensei que veria uma orgia Smurf numa tela, mas agora eu já vi.

A TRILHA DE MICHAEL ANDREWS FOI MUITO CERTEIRA. COMO SURGIU A COLABORAÇÃO ENTRE VOCÊS?

Por algumas razões, vários diretores voltam sempre aos mesmos cinco caras para compor as trilhas dos seus filmes. Eu nunca seria capaz de pagar um desses cinco superastros então decidi achar um gênio que ainda não tivesse tido a oportunidade de mostrar seu trabalho. Jim Juvonen, o irmão mais novo de Nancy, me ligou e falou desse cara que vivia em San Diego. Nos encontramos e mandamos ver. Quando estávamos perto de terminar o filme, estive quase todos os dias com Michael, trabalhando na trilha. Ela foi gravada no período de um mês. Mike era influenciado por Jerry Goldsmith e suas trilhas dos anos 1970. Mike também colecionava pilhas e pilhas de discos obscuros que ajudaram, muitas coisas que eu nunca tinha ouvido. Quer dizer, ele vai no eBay e compra uma flauta russa do século XVIII. Ele está sempre encontrando maneiras inusitadas de criar música. Ele criou a trilha do zero, de graça.

VOCÊ MENCIONOU QUE EXISTE UMA MURADA DE EXECUTIVOS QUE AFASTAM OS DIRETORES ESTREANTES, ESPECIALMENTE NA SALA DE EDIÇÃO. DE QUE FORMA ESSA BARREIRA SE MANIFESTOU DURANTE A PÓS-PRODUÇÃO E COMO VOCÊ LIDOU COM ELA?

É frustrante porque quando um filme tem o final aberto e não possui um certo fechamento, por convenção, sempre existirá um debate acalorado sobre a duração desse filme e sobre o que não se pode cortar. Como um diretor estreante, achei um pouco frustrante às vezes. Eventualmente, se torna um confronto desgastante, mas você sabe que essa é sua chance de fazer seu filme. Dez anos depois, ninguém vai se lembrar de que você gritou com seu financiador porque ele queria que você cortasse alguma coisa, eles vão se lembrar do que está no filme. Então, se eu precisar gritar com alguém, vou gritar. E ganhei quase todas as batalhas. Eu provavelmente me afetei um pouco demais e perdi o sono, emagreci e me tornei um maníaco insano por diversos meses. Foi um período desagradável, mas sobrevivi.

VOCÊ JÁ DISSE QUE SE PUDESSE MUDAR ALGUMA COISA NA SUA EXPERIÊNCIA COM O FILME, TERIA "SE ESTRESSADO MENOS E NÃO LEVADO TÃO A SÉRIO. GOSTARIA DE RELAXAR UM POUCO MAIS, CARALHO". FORAM AS RESPONSABILIDADES FINANCEIRAS QUE LHE DEIXARAM TÃO ESTRESSADO?

Foram duas coisas: chegar ao corte final do filme da maneira que eu queria e então, ainda mais importante, vender o filme a um distribuidor e conseguir que eles não o remontassem contra minha vontade. Esse é o pesadelo de qualquer cineasta que leva um filme ao Sundance Film Festival. Você precisa subir lá e lutar. Você corre o risco de perder o distribuidor ou ficar com uma péssima reputação na cidade, mas quer saber de uma coisa? Ninguém vai se lembrar disso se o seu filme for bom e conseguir boas críticas e uma boa grana. É pessoal, é a sua arte e eles querem tirá-la de você. Falo de maneira geral, porque a Newmarket foi muito boa comigo, eles foram os únicos que quiseram distribuir o filme. Entretanto, a maioria dos distribuidores tem uma completa falta de respeito pelo diretor e por sua visão.

HAVIA MUITO BUCHICHO EM SUNDANCE A RESPEITO DE *DONNIE DARKO*. COMO ISSO AFETOU A VENDA DO SEU FILME PARA POTENCIAIS DISTRIBUIDORES?

Buchicho é uma coisa péssima; é horrível para o seu filme, especialmente em Sundance. Se você chega em Sundance com um buchicho — e eu odeio essa palavra, com paixão —, imediatamente as pessoas vão começar a afiar suas facas.

POR QUE PENSA ASSIM?

É o jeito como as coisas são. As pessoas procuram um motivo para detonar alguma coisa. Também penso que se você aparece em Sundance com um filme com efeitos digitais, Drew Barrymore e um grande elenco, muitas pessoas vão ser céticas e ridicularizar o filme por achar que ele não é independente de verdade. Essa é uma parte da reação em

Sundance. Outros estavam incrivelmente excitados pelo filme estar participando e o reconheceram como uma obra independente. Mas quase por causa do fato de que ele parecia custar muito mais do que custou — e por causa dos efeitos digitais — muita gente imediatamente o considerou como uma tentativa comercial dissimulada de invadir a sagrada cena independente. Sundance é demais, mas se torna um pouquinho mais corporativo a cada ano e talvez exista uma resistência a qualquer coisa que pareça ser corporativa ou comercial. Por alguma razão, algumas pessoas acharam que *Donnie Darko* era algo que não pertencia à competição em Sundance. Foi apregoado como o primeiro filme competidor em Sundance com uma quantidade significativa de computação gráfica. Acho que isso incomodou uma velha escola de pensamento. Eles querem ver filmes sobre lésbicas fazendo doces. Adoro lésbicas... e adoro doces... mas eu não quero necessariamente assistir a esse filme... gravado em digital, é claro. O diretor de programação Geoffrey Gilmore deu muito apoio ao filme. Ele sabia que *Donnie Darko* pertencia ao festival.

COMO FOI A PRIMEIRA EXIBIÇÃO A UMA PLATEIA?

Nunca tínhamos exibido o filme num cinema cheio. Eu fiquei bem calmo antes da sessão e estava muito contente com o filme que fizemos. Sabia que ainda precisava trabalhar nele, sabia que ainda estava um pouco mais longo aqui ou ali, mas eu estava contente pra valer. Só queria que alguém o comprasse para que pudéssemos levar às salas de cinema. Foi ótimo assisti-lo com uma plateia. Foi um alívio ver que eles estavam rindo... nas horas certas.

Mas quase por causa do fato de que ele parecia custar muito mais do que custou – e por causa dos efeitos digitais – muita gente imediatamente o considerou como uma tentativa comercial dissimulada de invadir a sagrada cena independente.

COMO VOCÊ SE SENTIU QUANDO O FESTIVAL TERMINOU E NÃO HAVIA UM CONTRATO À VISTA?

Foi frustrante por causa da onda toda ao redor do filme. Imediatamente, os distribuidores quiseram diminuí-lo como sendo um filme que não funcionava. Muitos dos distribuidores difamaram o filme assim que saíram da sessão. Eles queriam desencorajar a concorrência de outros compradores. Os executivos de aquisição vão falar merda sobre os filmes — mesmo dos que eles gostaram — para afastar alguém que pudesse estar interessado. Rolam muitas manobras e boatos na hora de vender seu filme em Sundance, e isso me deixa enojado. Me dá vontade de vomitar. A revista *Entertainment Weekly* tem esse lance chamado de "Buchichômetro". Eles realmente colocam os buchichos sobre seu filme numa tabela. É claro que começamos lá em cima na tabela... então despencamos quando não pintou nenhum contrato. Não havia mais para onde ir, só pra baixo. As pessoas leem algo desse tipo e quase imediatamente o filme é considerado um fracasso pela cidade. Ninguém quer tocar nele. Eu recortei o Buchichômetro da revista e o coloquei no meu mural, para que eu pudesse classificar o buchicho ao longo de minha vida na Terra.

Nunca, jamais, quero fazer um filme que não tenha um distribuidor local antes de começar a filmar. Você perde o sono e fica à mercê dos executivos de aquisição. Eles têm suas opiniões, então eles voltam às suas opiniões, eles puxam seu saco num dia e falam merda sobre seu filme no dia seguinte. É demais pra mim.

Por ironia [...] Lisa Schawrzbaum, da *Entretainment Weekly*, deu uma nota A– ao filme quando ele foi lançado. A mesma nota que recebi na faculdade por *The Vomiteer*. Talvez eu faça um remake de *The Vomiteer* e o leve ao Sundance. Posso levar sacos de vômito.

Eu estava lá, implorando,
dizendo que faria um roteiro de graça
se eles fizessem um lançamento nos cinemas.

COMO VOCÊ SE SENTE A RESPEITO DA MANEIRA COMO O FILME FOI RECEBIDO EM SEU LANÇAMENTO NOS CINEMAS DOS ESTADOS UNIDOS E NO EXTERIOR?

Eu estava feliz por conseguir lançá-lo, ponto. Por uns quatro meses se falou em lançar o filme diretamente na TV a cabo ou em VHS. Por muito pouco não houve um lançamento cinematográfico porque os distribuidores achavam que ele não tinha mercado. A Newmarket foi a única distribuidora que ainda estava interessado. Mas naquele ponto havia uma oferta que pagaria mais aos financiadores, de cara, se o filme fosse distribuído diretamente na TV a cabo. Eu estava lá, implorando, dizendo que faria um roteiro de graça se eles fizessem um lançamento nos cinemas. Eu estava disposto a dar um braço para vê-lo nos cinemas. Acho que cheguei a oferecer meu braço.

ELES PROVAVELMENTE PREFERIRIAM O ROTEIRO DE GRAÇA.

Na verdade, eles provavelmente teriam preferido me ver cortando meu braço fora. Eu sabia que se não conseguisse um lançamento nos cinemas, aquilo seria o fim da minha carreira. Eu precisaria encontrar algo diferente para fazer da vida, especialmente depois da loucura em Sundance. Se um filme sai direto em vídeo depois de chamar tanta atenção, então esse filme e seu cineasta são considerados um fracasso. Quando eles finalmente disseram que o lançariam no Halloween, fiquei tão agradecido. Desde que eles o coloquem nas telas, por um fim de semana, eu conseguiria evitar a maldição do rótulo direto-para-vídeo. Muitos filmes bons são condenados ao vídeo e muitos filmes que não merecem ser lançados nos cinemas são. Não é uma avaliação justa de qualidade, de jeito nenhum. Então quando o Onze de Setembro aconteceu, nós perdemos um mês e meio de publicidade, salas de cinema, tudo foi jogado no limbo e literalmente não houve divulgação. Acho que tomaram uma decisão errada em colocá-lo em oito praças. Ele se saiu muito bem em Los Angeles e Nova York, mas as salas ficaram vazias em Washington, Chicago e Seattle. O resultado? Ele morreu no fim de semana de lançamento. Então eles pegaram todos os anúncios de jornal, todo o marketing que restava em L.A. e Nova York por alguns meses, e o filme desapareceu. Não se sobrevive a um fim de semana de abertura como esse. Se eles o tivessem colocado em apenas duas salas em Los Angeles e duas salas em Nova York, e o deixassem crescer, ele provavelmente teria se saído muito melhor. Mas tudo bem, ele foi lançado.

E VOCÊ AINDA TEM SEU BRAÇO.

Sim, ainda tenho meu braço e minha carreira. Eu ficaria irritado por toda aquela gente que trabalhou de graça no filme se ele não fosse lançado nos cinemas.

PHILIP FRENCH, ESCREVENDO NO *OBSERVER*, JORNAL DOMINICAL LONDRINO, NOTOU QUE "OS DESTRUIDORES", DE GRAHAM GREENE, ARGUMENTA QUE A DESTRUIÇÃO É UMA FORMA DE CRIAÇÃO. À LUZ DE SEU FILME SER LANÇADO TÃO LOGO APÓS O ONZE DE SETEMBRO, VOCÊ SE PREOCUPOU COM OS PARALELOS?

Acho que sempre que sua arte recebe novos significados após um cataclismo, não há nada que você possa fazer porque a percepção mudou. Só lhe resta torcer que ela não ofenda ou irrite as pessoas mais do que elas já estão. Você espera que ela não jogue gasolina no fogo que já existe na vida das pessoas. Pensamos sobre isso por alguns dias e decidimos que seria de alguma forma catártico para as pessoas em vez de irritá-las. Acho que o filme foi recebido favoravelmente, à luz do Onze de Setembro. Não ofendeu as pessoas.

POR QUE VOCÊ ACREDITA QUE *DONNIE DARKO* POLARIZOU TANTOS CRÍTICOS DE CINEMA?

Acho que pode ser um lance de gerações. Tem gente que se lembra dos anos 1980 do jeito que eles aparecem no filme. Outros se lembram dessa época como algo saído de um romance de Bret Easton Ellis, curtindo a vida nos clubes noturnos de Nova York. Me lembro da versão do John Hughes para os anos 1980. Acho que alguns críticos simplesmente não sabiam o que fazer com ele. Não estavam abertos a vivenciar o filme com suas guardas baixas, aceitando-o do jeito que ele era. Queriam rotulá-lo, e como não conseguiram, disseram que era confuso, pretensioso — ou diziam algo do tipo: "Ele é só um garoto. Está tentando fazer muitas coisas". Nós recebemos algumas ótimas resenhas, mas algumas pessoas também diziam que era apenas um nonsense adolescente. Você ouvia isso de gente que não estava disposta a abraçar o filme, olhar para ele mais de uma vez. Embora as pessoas que apoiavam o filme estivessem completamente apaixonadas por ele.

O FILME INICIOU MUITOS DEBATES INTERPRETATIVOS NA INTERNET. O QUE VOCÊ ACHOU DE ALGUMAS DESSAS LEITURAS, COMO A DE DONNIE SER O MESSIAS?

Uau. É uma história de gibi, já que de certa forma ele é um tipo de super-herói. Acho que há um viés sutil de messias em muitas das histórias de super-heróis. Sempre que você está lidando com um herói que precisa salvar o mundo, haverá uma interpretação com a mitologia cristã. Mas, sabe, fizemos uma piadinha visual com uma referência do filme de Scorcese: quando Donnie sai do cinema, a fachada anuncia *A Última Tentação de Cristo* (*The Last Temptation of Christ*, 1988).

E SOBRE AS OUTRAS COISAS NA INTERNET? TEM ALGUMA QUE VOCÊ ACOMPANHE?

Já vi alguns sites de fãs. São sensacionais. Não tinha ideia de que alguns anos depois as pessoas ainda falariam sobre o filme. É recompensador e muito lisonjeiro, e isso me deixa mais determinado a não me vender e continuar fazendo coisas desse tipo.

VOCÊ JÁ DISSE: "NÃO IMPORTA O QUÃO BEM OU MALSUCEDIDO EU FOR EM MINHA CARREIRA, ACHO QUE SEMPRE TEREI A MENTALIDADE DO AZARÃO". AGORA QUE FEZ SEU PRIMEIRO FILME, COM DREW BARRYMORE, QUANDO VOCÊ TINHA 25 ANOS, VOCÊ AINDA SE CONSIDERA UM AZARÃO?

O que quis dizer foi que eu tentaria ao máximo não me vender, não fazer um filme por motivos puramente mercenários, especialmente se o estúdio achar que é uma aposta segura. Nesse caso, você é um azarão que vai ao estúdio se arriscar. O material pode não funcionar, pode não ser palatável ao público, pode não vender, quem sabe, talvez em cinco anos eu esteja dirigindo algumas comédias românticas totalmente horríveis.

VOCÊ JÁ SENTIU ALGUM RESSENTIMENTO POR PARTE DE OUTRAS PESSOAS NA COMUNIDADE CINEMATOGRÁFICA, RANCOROSAS POR SEU PRIMEIRO LONGA TER FEITO TANTO SUCESSO?

Sempre vai haver ressentimento e eu provavelmente o mereço. Acho que definitivamente eu tive muita sorte, recebendo tantas oportunidades sendo assim tão jovem. Eu só quero fazer um bom trabalho e não foder com tudo. Eles provavelmente sentiriam mais rancor se eu recebesse todas aquelas oportunidades e tivesse feito uma porcaria. A única maneira de dizer obrigado por todas aquelas oportunidades é fazendo um bom filme e ajudando, ajudando outros cineastas a fazer bons filmes. É assim que se retribui.

NO QUE VOCÊ ESTÁ TRABALHANDO AGORA?

Vou fazer um filme de ficção científica chamado *Knowing*.

PODE NOS DIZER ALGO SOBRE *KNOWING*?

Não posso comentar o próximo filme. Não faço comentários até o primeiro dia de filmagem. Nada é real até o filme estar rolando.

VOCÊ JÁ DISSE QUE O MAIOR DE SEUS SONHOS É CONHECER STEVEN SPIELBERG. POR QUÊ?

Ele é o rei. Conhecer Spielberg seria demais. Talvez um dia, talvez um dia...

Venice Beach, Califórnia,
13 de março de 2003

DONNIE DARKO
RICHARD KELLY

O ROTEIRO
ESTE É O ROTEIRO FINAL USADO PELO ELENCO E POR TODA EQUIPE

FADE IN:

EXT. MONTE CÁRPATO - AMANHECER (SÁBADO, 5H)

Descemos pelo monte Cárpato, um penhasco íngreme que eclode dos densos bosques da Virgínia, sobre um profundo cânion so. A colina marca o final de uma estrada de terra que a serpenteia desde o topo.

Donnie Darko (16) está adormecido na beira do penhasco. Com sua bicicleta jogada do seu lado, ele está tremendo, curvado em posição fetal.

Ele abre os olhos lentamente e olha ao redor, desorientado pela luz da manhã. Ele se levanta, olha para baixo no gigantesco cânion rochoso. Após um momento de hesitação, ele sobe em sua bicicleta e desce pela colina.

EXT. MIDDLESEX - MANHÃ (11H)

Montagem coreografada com "Never Tear Us Apart", do INXS.[1]

Donnie pedala pelo bairro do subúrbio de Middlesex, Virgínia... passando por uma típica formação rochosa de Middlesex.

Donnie pedala por duas vizinhas que estão caminhando com pequenos halteres. Elas sorriem para ele.

Um Pontiac Trans-Am acelera.

EXT. RUA DA VIZINHANÇA - DIA (SÁBADO, 13H)

Donnie dobra na esquina e se dirige à garagem.

A câmera dá uma panorâmica sobre a casa de Darko... indo pelo jardim onde Eddie Darko (44) puxa o cordão que dá partida no seu soprador de folhas à gasolina.

Elizabeth Darko (19) surge pela porta da frente. Ela se aproxima do pai por trás. Eddie se vira e mira o soprador de folhas nela... fazendo ventar em seu rosto.

EXT. ENTRADA DA GARAGEM DOS DARKO - CONT.

Donnie estaciona a bicicleta e entra em casa.

EXT. QUINTAL DOS DARKO/PÁTIO - CONT.

A câmera se afasta de Samantha Darko (10) enquanto ela pula numa cama elástica e dá uma panorâmica até Rose Darko (42), enquanto ela senta à mesa lendo uma edição em brochura do livro It, *de Stephen King. Ela espia algo na cozinha.*

INT. COZINHA - CONT.

Donnie entra na cozinha. Ele vai à geladeira. Há uma frase escrita com canetinha no quadro de recados do ímã de geladeira: CADÊ O DONNIE?

INT. SALA DE ESTAR - TARDE (17H)

O tema de abertura do seriado Who's the Boss? *começa a tocar enquanto vemos a van azul de Tony Danza*

1 Esta música foi utilizada na versão do diretor. Na versão original, "The Killing Moon", do Echo and the Bunnymen, é a trilha de abertura.

e a cartela de abertura. Nós vemos Samantha, sentada no chão, cantando baixinho a canção-tema "Brand New Life", executada por Larry Weiss.

A câmera dá uma panorâmica até Donnie, sentado numa poltrona reclinável.

INT. COZINHA - NOITE (18H)

A família Darko reunida para o jantar. Eles comem em silêncio por um longo tempo.

ELIZABETH
Vou votar no Dukakis.

EDDIE
Talvez, quando tiver seus
próprios filhos que precisem
de aparelhos ortodônticos
e você não conseguir pagar
por eles, porque metade do
salário do seu marido vai
para o governo federal,
você se arrependa dessa decisão.

ELIZABETH
(*sarcástica*)
Não vou arrumar barriga
antes dos trinta.

DONNIE
Você ainda vai estar trabalhando
no Celeiro do Crochê? É um ótimo
lugar para criar seus filhos.

ROSE
Não, um ano de curtição
é o suficiente. Ela vai
pra Harvard no outono.

ELIZABETH
Ainda não me aceitaram, mãe.

ROSE
(*sorrindo*)
Se você pensa que Michael Dukakis
vai cuidar do país até o momento
que você decida ganhar barriga,
acho que você está por fora.

SAMANTHA
Quando eu posso ganhar barriga?

DONNIE
(*para a irmã*)
Não antes da… oitava série.

ROSE
(*para Donnie*)
Como é que é?

ELIZABETH
Donnie? Você é um babaca.

DONNIE
Epa, Elizabeth. Quanta hostilidade.
Talvez fosse você quem devia fazer
terapia. Aí, a mamãe e o papai
podiam pagar duzentos dólares por
hora pra alguém ter que ouvir
seus pensamentos… e não a gente.

ELIZABETH
Talvez você queira contar pra
mamãe e pro papai por que
parou de tomar seu remédio.

Um silêncio constrangedor.

ROSE
(*surpresa*)
Você parou de tomar seu remédio?

SAMANTHA
Quando eu posso ganhar barriga, mãe?

DONNIE
(*fitando Elizabeth*)
Você é uma cuzona.

ROSE
Quando você parou de
tomar seu remédio?

ELIZABETH
(*rindo*)
Você me chamou de cuzona?

ROSE
Já chega.

ELIZABETH
(*para Donnie*)
Vai chupar uma foda.

DONNIE
Ah, por favor me diga,
Elizabeth, como é que alguém
chupa uma foda, exatamente?

ROSE
(*enojada*)
Não quero esse linguajar
aqui na mesa.

Eles se calam por um momento.

SAMANTHA
O que é uma cuzona?

Apesar do bravo esforço para prender o riso,
Eddie Darko deixa escapar uma breve gargalhada.

INT. QUARTO DE ELIZABETH - NOITE (SÁBADO, 21H)

Elizabeth fala ao telefone, se preparando para
a noite de sábado. Rose bate na porta e entra.

ELIZABETH
(*ao telefone*)
Não. Eu tirei um ano pra ficar contigo. (*pausa*) Claro que eu me importo. Não fique assim. (*cobrindo o fone*) O quê?

ROSE
Como você sabia…

ELIZABETH
(*cortando*)
Não pensei que fosse importante.

ROSE
É importante.

ELIZABETH
Eu peguei ele jogando as pílulas na privada. Ele sabe que você conta os remédios.

INT. QUARTO DE DONNIE - CONT.

Donnie está deitado na cama, lendo Collected Short Stories, *de Graham Greene. Seu quarto é uma bagunça só.*

Rose entra e começa a catar coisas do chão.

DONNIE
Sai do meu quarto.

Magoada, Rose se vira para sair, mas para na porta.

ROSE
Queria saber onde você estava noite passada. (*pausa*) Você vandalizou a casa dos Johnson?

DONNIE
(ainda lendo)
Parei de jogar papel higiênico na casa dos outros no sétimo ano, mãe. (*pausa*) Sai do meu quarto.

ROSE
Sabe… seria bom olhar pra você
de vez em quando… e ver meu filho.
Não reconheço esse cara aí.

DONNIE
Então por que você não começa
a tomar a porra das pílulas?

Donnie se inclina e apaga o abajur. Rose se vira e deixa o filho sozinho no escuro, fechando a porta ao sair.

Vaca.

INT. HALL DO SEGUNDO ANDAR - CONT.

Rose para de andar, escutando o que o filho disse. Ela entra no seu próprio quarto e fecha a porta.

INT. SUÍTE DO CASAL - CONT.

Rose se junta a Eddie na cama. Ele está lendo uma edição em capa dura de Os Estranhos, *de Stephen King.*

ROSE
Nosso filho acabou de
me chamar de vaca.

EDDIE
(*pausa*)
Você não é uma vaca.

INT. BANHEIRO DO SEGUNDO ANDAR - CONT.

Donnie tira as pílulas do armário de remédios. Vemos *o rótulo que diz: Dra. L. Thurman.*

Ele olha para o frasco por um momento, e então pega três pílulas e as engole… observando seu reflexo no espelho.

INT. SUÍTE DO CASAL - NOITE (MEIA-NOITE)

Eddie senta na cama, incapaz de dormir.

INT. SALA DE ESTAR - CONT.

A TV é ligada. Eddie se joga na poltrona reclinável.

Estão reprisando um debate entre Bush e Dukakis. Eddie ri.

INT. HALL DE ENTRADA - CONT.

A câmera se afasta e dá uma panorâmica até um relógio de carrilhão… quando o ponteiro chega à meia-noite.

Cartela:

<u>2 DE OUTUBRO DE 1988</u>

INT. QUARTO DE DONNIE - NOITE (MADRUGADA DE DOMINGO, 1H)

VOZ
(*sussurro*)
Acorda… Donnie.

Donnie salta da cama, despertando de um pesadelo. Ele olha para seu despertador: 0h50. Sua expressão é distante e confusa.

INT. HALL DE ENTRADA - CONT.

Donnie desce a escada.

INT. SALA DE ESTAR - CONT.

Donnie observa Eddie, dormindo na poltrona reclinável.

INT. COZINHA - CONT.

Donnie entra na cozinha, remove a canetinha do quadro de avisos da geladeira.

INT. HALL DE ENTRADA - CONT.

Donnie vai até a porta e sai de casa.

EXT. CASA DOS DARKO, JARDIM - CONT.

Donnie anda até a rua.

EXT. RUA DA VIZINHANÇA - CONT.

Donnie caminha pela rua.

EXT. CAMPO DE GOLFE, SÉTIMO BURACO - NOITE (1H30)

Donnie chega perto da bandeira e olha fixamente para longe.

VOZ

Puta noite pra caminhar… hein, Donnie?

Donnie olha fixamente para longe.

Esta noite é muito especial, Donnie.

DONNIE

O quê?

VOZ

Venho observando você. (*pausa*) Você acredita em Deus, Donnie?

Donnie não responde. Ele segura a barriga, respirando fundo.

Deus ama suas crianças, Donnie. Deus te ama.

Ali… do lado do sétimo buraco tem alguém de 1,80 metro vestindo uma fantasia grotesca de coelho.

Donnie encara o Coelho com nervosismo, sentindo uma onda de enjoo.

COELHO

Meu nome é Frank. (*pausa*) Quero que você me siga.

DONNIE

Por quê?

FRANK

Estou aqui para te salvar. (*pausa*)
O mundo está acabando, Donnie.

Donnie não responde.

Olhe para o céu, Donnie.

Ele olha para cima, na noite escura.

28 dias… 6 horas… 42 minutos…
12 segundos. É quando
o mundo vai acabar.

Donnie olha de volta para Frank. Uma vaga expressão de dúvida toma conta do seu rosto.

INT. HALL DE ENTRADA - NOITE

Elizabeth entra pela porta da frente, se apoia sobre ela, fechando os olhos.

INT. SALA DE ESTAR - NOITE

Eddie Darko dorme reclinado sobre a poltrona. As notas finais do Hino Nacional no Canal 12 somem dando lugar à estática.

Lá em cima… um estrondo ensurdecedor. Pedaços de gesso caem do teto… Livros voam da estante enquanto o móvel inteiro de parede tomba completamente.

Eddie acorda num alvoroço.

INT. HALL DE ENTRADA - CONT.

Elizabeth cai aterrorizada com os pedaços de gesso caindo ao redor do lustre. Detritos caem no portal da sala de jantar.

EXT. CAMPO DE GOLFE, SÉTIMO BURACO - MANHÃ (DOMINGO, 10H)

Donnie está curvado, dormindo na grama. Uma bola de golfe aterrissa na grama e rola a poucos centímetros de sua cabeça.

Um carrinho de golfe com quatro homens mais velhos aparece. Dr. Fisher (45) sai primeiro.

DR. FISHER
Donnie Darko? (*pausa*) Filho?
O que está acontecendo?

Jim Cunningham (40), no banco do carona, desce do carro e anda até eles.

JIM CUNNINGHAM
Quem é esse, Don?

DR. FISHER
O filho do Eddie Darko.

Donnie se levanta e se ajeita. Em seu braço ele vê algo escrito com canetinha.

Números… 28:06:42:12

Donnie observa os números em seu braço, confuso.

DR. FISHER
(*para Jim, puxando seu saco*)
Desculpe por isso, Jim, é só…
um garoto da vizinhança. (*de volta a Donnie*) Vamos ficar longe
do gramado à noite, ok?

Jim Cunningham encara Donnie com uma careta amigável.

DONNIE
Desculpe, dr. Fisher. Não vai
acontecer de novo.

EXT. RUA DA VIZINHANÇA/CASA DOS DARKO - MANHÃ (11H)

Donnie caminha pela rua até sua casa.

Um caminhão dos bombeiros. Dois carros de polícia. Uma van da imprensa… todos estacionados em frente à casa dele.

Há dúzias de vizinhos em volta de uma barricada. Donnie se move pela multidão onde um policial está parado.

DONNIE

Ei, eu moro aqui!

POLICIAL

Você é… Donnie Darko?

DONNIE

Sou!

O policial o deixa passar.

Perto da rotunda, há um enorme guindaste erguendo algo de dentro da casa. Bombeiros circulam por ali. Dois policiais estão conversando com Eddie e Rose. Donnie olha para a casa.

O guindaste ergue uma turbina de avião gigantesca de dentro da casa, e a coloca sobre uma enorme carreta. Bombeiros chutam pedaços de madeira e telhas do telhado.

Ele se vira e vê sua família inteira. Eddie está segurando Samantha.

SAMANTHA

Caiu no seu quarto.

EXT. ROTUNDA - MAIS TARDE

Dois homens de terno saem de um sedan preto. Um policial os guia até Rose. Um dos homens retira um distintivo do bolso e o mostra a Rose.

HOMEM

Sra. Darko, meu nome é Bob Garland e esse é David Coleman. Somos da Agência Federal de Aviação. Se não se incomodar, gostaríamos de falar com a senhora e seu marido em particular.

Elizabeth olha torto para Donnie.

ELIZABETH
(*sussurrando*)
Eles não sabem de onde isso caiu.

Donnie observa admirado quando a turbina colossal é presa na carreta. Um homem com uniforme antifogo prateado borrifa a turbina com água.

EXT. ROTUNDA - MOMENTOS MAIS TARDE

Eddie está assinando alguns documentos na frente de Garland sobre uma mesa que foi armada na rua. Outro membro da Agência Federal de Aviação está com eles.

AGENTE
(*apontando para o documento*)
E aqui também.

Eddie assina, e Garland recolhe os documentos.

GARLAND
Nós arrumamos um hotel para vocês, descansem um pouco. Nós cuidaremos de tudo por aqui.

Eddie ergue Samantha nos braços. Ele fica com Rose e Elizabeth… se vira para Donnie… que parece hipnotizado.

EDDIE
Vamos, Donnie… vamos para um hotel.

INT. HOLIDAY INN, QUARTO 614 - PÔR DO SOL (DOMINGO, 17H30)

Donnie está deitado na cama, assistindo à televisão. Elizabeth está espalhada sobre a outra cama. Samantha está sentada na beirada da cama de Elizabeth, segurando um unicórnio de pelúcia chamado Ariel.

SAMANTHA
Se caiu de um avião, então o que aconteceu com o avião?

ELIZABETH
Eles não sabem, Samantha.

SAMANTHA
Tem algum jeito da gente ganhar
dinheiro com isso? A gente podia ir
pra TV se processasse a companhia?

INT. HOLIDAY INN, QUARTO 615 - CONT.

Rose e Eddie deitados e acordados no escuro.

ROSE
Deixa eu entender isso direitinho.
Nenhuma companhia aérea vai alegar
ser a dona da turbina. Então
temos que esperar que a agência
decida quem vai consertar meu
telhado. (*Pausa*) Foda-se. Vamos
tirar dinheiro da poupança.

EDDIE
(*citando Rod Serling*)[2]
Você está entrando numa nova
dimensão, além da imaginação…

Rose começa a rir.

INT. HOLIDAY INN, QUARTO 614 - CONT.

SAMANTHA
Por que eu tenho que dormir
com o Donnie? Ele fede.

DONNIE
Quando você dormir hoje à noite,
vou peidar na sua cara.

SAMANTHA
(*andando pra porta*)

2 Roteirista norte-americano, criador da série *Além da Imaginação* (*The Twilight Zone*, 1959-1964).

Vou contar pra mamãe.

ELIZABETH
Samantha, não vá pra lá.

INT. HOLIDAY INN, QUARTO 615 - MOMENTOS MAIS TARDE

EDDIE
Frankie Feedler.

ROSE
O quê?

EDDIE
Frankie Feedler. Lembra
dele, do colégio?

ROSE
(*longa pausa*)
Ele estava um ano na nossa frente?

EDDIE
Ele morreu, lembra? No caminho
pra formatura. (*pausa*) Ele
estava condenado.

Rose permanece em silêncio.

Jesus Cristo. Eles podiam
dizer a mesma coisa sobre
o Donnie. Nosso Donnie.
(*Pausa*) Mas ele escapou.
Ele escapou dessa, Rose.

Rose se vira para abraçá-lo.

Meu garoto.

Momentos depois, a porta do quarto conjunto se abre.
É Samantha.

SAMANTHA
Mãe, o Donnie disse que vai
peidar na minha cara.

Cartela:

3 DE OUTUBRO DE 1988

EXT. PONTO DE ÔNIBUS - MANHÃ (SEGUNDA, 7H)

Rose deixa Donnie e Samantha na esquina.

ROSE
A srta. Farmer vai buscar
você no recital. Tchau.

Ela sai com o Ford Taurus.

Já esperando no ponto de ônibus está Joanie James (11). E também Cherita Chen (15).

SAMANTHA
Oi, Cherita.

CHERITA
Cala a boca.

Ali também estão os dois melhores amigos de Donnie, Sean Smith (16) e Ronald Fisher (15).

RONALD
(*erguendo as mãos*)
DARKO ENGANA A MORTE! Cara… você
tá famoso! Eu te liguei, tipo, um
zilhão de vezes noite passada!

DONNIE
Fomos pra um hotel.

RONALD
Meu pai disse que te
encontrou no campo de golfe.
Voltou a ser sonâmbulo?

DONNIE
Não quero falar sobre isso.

SEAN

Agora que você tá famoso,
tem que fumar um.

Sean passa um Marlboro vermelho para Donnie e ele aceita, olhando para Samantha e Joanie.

DONNIE

O que acontece se você contar isso
pra mamãe e pro papai, Samantha?

SAMANTHA

Você vai jogar o Ariel no lixo.

JOANIE

Nojento.

Sean, Ronald e Donnie acendem os cigarros. Ronald é o que tem mais cara de amador.

SEAN

Ei, Cherita… quer um cigarro?

CHERITA

Cala a boca.

RONALD

(*imitando*)

Cala a boca!

SEAN

Volta pra China, piranha!

DONNIE

Deixa ela em paz, cara.

Cherita olha pra Donnie… seu abalo silencioso debilmente escondido.

EXT./INT. ESCOLA MIDDLESEX RIDGE - MANHÃ (8H)

A montagem a seguir é feita com três longos planos de steadycam na entrada principal da escola e no pátio.

Seguimos Donnie e seus amigos enquanto eles dão o fora pela porta de emergência traseira do ônibus escolar ao som de "Head Over Heels", dos Tears for Fears.

Vemos os professores Karen Pomeroy (27), dr. Kenneth Monnitoff (30) e Kitty Farmer (42), com Jim Cunningham, enquanto eles caminham pelos corredores.

Um enxame de garotas cerca Donnie, que caminha até seu armário. Há um enorme sorriso estampado em seu rosto.

Revelamos Gretchen Ross (15)… vemos o diretor Cole (38) e então a equipe de dança de Samantha (Sparkle Motion) praticando sua coreografia no pátio.

Seguimos a professora Pomeroy até a aula de inglês… então terminamos nossa sequência na porta…

INT. AULA DE INGLÊS - DIA (8H30)

A professora Pomeroy está lendo um trecho de "Os Destruidores", conto de Graham Greene.

PROFA. POMEROY
"Haveria manchetes nos jornais. Mesmo as gangues de adultos que controlam as apostas nas pocilgas de luta livre e os mascates ouviriam com respeito sobre como a casa do Velho Miserável fora destruída. Era como se aquele plano estivesse com ele por toda sua vida, ponderado através das estações, agora em seu décimo quinto ano, cristalizado com a dor da puberdade."

Donnie está sentado na frente.

O que Graham Greene está tentando comunicar nesse trecho? Por que os garotos invadiram a casa do Velho Miserável?

Joanie James levanta a mão.

Joanie.

JOANIE

Eles queriam roubá-lo.

PROFA. POMEROY

Joanie, se você realmente
tivesse lido o conto… que,
em suas assustadoras treze
páginas deveriam mantê-
la acordada a noite inteira,
saberia que esses garotos
acharam uma bolada de dinheiro
num colchão. Mas eles a queimaram.

A turma manda um "Ahh". Joanie ruboriza.

Donnie Darko, talvez, visto
seu recente encontro com
a destruição em massa, poderá
nos dar sua opinião?

DONNIE

Bem… eles dizem logo
que estão detonando
o lugar. Quando inundam
a casa. Que, tipo… a destruição
é uma forma de criação.
Então o fato deles queimarem
o dinheiro é… irônico. Eles
só querem ver o que acontece
quando destroem o mundo. (*pausa*)
Eles querem mudar as coisas.

Gretchen Ross aparece na porta da sala de aula.

PROFA. POMEROY

Posso ajudar?

GRETCHEN

Acabei de me matricular,
e acho que me colocaram na
turma errada de inglês.

A professora Pomeroy estuda a garota.

PROFA. POMEROY

Parece muito que você
é daqui mesmo.

GRETCHEN

Hummm, onde eu sento?

A professora Pomeroy pensa por um instante. Há várias cadeiras vazias.

PROFA. POMEROY

Sente-se perto do garoto que achar
mais bonito. Garotas, levantem-se.

A turma inteira começa a pirar. As garotas se levantam das cadeiras... engolindo em seco. Ronald ajeita o cabelo.

Quietos! Deixem ela escolher.

Sem hesitar, Gretchen analisa cada garoto da turma. Quando ela graciosamente senta-se ao lado de Donnie, os dois se olham. Donnie sorri de orelha a orelha.

A turma enlouquece gargalhando.

INT. TAURUS - PÔR DO SOL (SEGUNDA, 18H)

Eddie dirige com Donnie ao seu lado pela Old Gun Road, uma estrada secundária desmatada que vai para o campo.

EDDIE

Então, como foi na escola hoje?

DONNIE

Foi legal. Teve sanduíches de
manteiga de amendoim e maçãs e mel
na hora do recreio. E na hora de
mostre-e-conte a minha morsa de
pelúcia fez o maior sucesso.

EDDIE

Deus Pai. (*pausa*) Então, os
caras da obra disseram que vão
levar uma semana pra consertar

o telhado. Tomara que a porra da
companhia aérea não nos sacaneie
na montagem das telhas.

DONNIE

Eles já sabem?

EDDIE

Sabem o quê?

DONNIE

De onde veio.

EDDIE

Não… aparentemente, eles ainda
não podem dizer o que aconteceu.
Algo sobre um número de série
queimado. (*pausa*) Tive que assinar
um documento dizendo que não
contaria a ninguém sobre isso.

DONNIE

Então não podemos contar a ninguém
sobre o que ninguém sabe?

EDDIE

Você pode contar à dra.
Thurman tudo o que quiser.

*De repente, Eddie pisa fundo no freio e a perua
para bruscamente.*

Ah, merda!

DONNIE

A Vovó Morte.

*Parada na estrada exatamente na frente do carro está
Roberta Sparrow (101 anos, vulgo Vovó Morte).*

*Vovó Morte vive numa casa modesta de tijolos que
fica num grande matagal de onde se consegue observar
toda a cidade. Sua caixa de correio fica na beira
da Old Gun Road.*

EXT. OLD GUN ROAD - CONT.

Donnie sai do carro e pega a mão da Vovó Morte, levando-a de volta até a caixa de correio. Ele abre a caixa para ela.

DONNIE

Nenhuma carta hoje.
(*sorri*) Talvez amanhã.

A Vovó Morte sorri de volta para ele… e começa a caminhar lentamente de volta para casa. Ela se vira e agarra as mãos de Donnie num aperto frágil.

VOVÓ MORTE

(*falando devagar*)

Toda criatura viva… neste planeta…
(*pausa*)… morre sozinha.

Donnie fica ali em silêncio, por um instante, e então a Vovó Morte retorna para sua casa.

EXT. RANCHO DA DRA. THURMAN - PÔR DO SOL

Vemos uma enorme casa colonial a distância.

INT. CONSULTÓRIO DA TERAPEUTA - NOITE

Dra. Lilian Thurman (58) é uma bela mulher.

DRA. THURMAN

Sua mãe me disse que você
anda esquecendo de tomar
os remédios de vez em quando.

DONNIE

Eu estou tomando. Eu só gosto
de deixá-la se sentir culpada
por tudo isso. Você sabe, abusar
dela. Psicologicamente.

DRA. THURMAN

Tudo isso… certamente não
é culpa da sua mãe, Donald.

Ele fica quieto por um instante.

DONNIE
Então, eu fiz um novo amigo.

DRA. THURMAN
Você gostaria de falar
sobre esse amigo?

DONNIE
O nome dele é Frank.

DRA. THURMAN
Frank.

DONNIE
Acho que ele salvou minha vida.

DRA. THURMAN
Como?

DONNIE
Você não vê as notícias?

DRA. THURMAN
Não tenho televisão.

DONNIE
Uma turbina de avião caiu
sobre a minha casa… aterrissou
na minha cama. Enquanto
eu estava conversando com
Frank no campo de golfe.

A dra. Thurman o observa por um bom tempo, analisando se aquilo que ele está contando é verdade.

Não estou brincando.

Preocupada, a dra. Thurman se inclina, aproximando-se dele.

DRA. THURMAN

Frank... instruiu você...
a sair da cama... um pouco
antes disso acontecer.

DONNIE

Ele me disse para segui-lo.

DRA. THURMAN

Segui-lo até onde?

DONNIE

Até o futuro. (*pausa*) Ele então
disse que o mundo estava acabando.

Ele esfrega o braço, onde os números ainda estão levemente desenhados.

DRA. THURMAN

Você acredita que o mundo
está acabando?

DONNIE

(*pausa longa*)

Não. (*pausa*) Isso é ridículo.

INT. ESCOLA MIDDLESEX RIDGE - CORREDOR

No corredor vazio da escola... uma onda gigantesca se forma à distância e vem quebrando em nossa direção entre os armários.

INT. SALA DE ESTAR - NOITE (MADRUGADA DE TERÇA-FEIRA, 2H)

Donnie está deitado no sofá dormindo profundamente. Seus olhos se abrem devagar.

Lá... parado no canto da sala, nas sombras, está Frank.

FRANK

Acorda, Donnie.

INT. ESCOLA MIDDLESEX RIDGE - NOITE

No corredor escuro do colégio, Donnie faz a curva

com uma lanterna, uma lata de tinta spray e um machado. Frank está no mesmo corredor onde a onda gigantesca quebrou.

INT. PORÃO DA ESCOLA - CONT.

Donnie ilumina o caminho com a lanterna pelo porão. Ele se aproxima do velho encanamento.

Donnie ergue o machado acima dos ombros e desfere o golpe com fúria. O estalo do metal contra metal ecoa por todo o enorme ambiente.

Cartela:

<u>4 DE OUTUBRO DE 1988</u>

EXT. PONTO DE ÔNIBUS - MANHÃ (7H)

O mesmo grupo espera pelo ônibus. Os rapazes fumam. Cherita espera sozinha. Samantha está lendo algo para Joanie.

SAMANTHA
(*lendo*)
E o príncipe foi levado até um mundo de estranha e bela magia.

JOANIE
Uau.

Donnie tira o pedaço de papel da irmã.

DONNIE
(*lendo alto*)
O Último Unicórnio!
Por Samantha Darko!

SAMANTHA
Donnie! Me devolve!

Ele a afasta.

Você está amassando!

SEAN
Ei, são 7h45. O ônibus
devia ter passado aqui tipo
vinte minutos atrás.

RONALD
Quem sabe a Martha Moo finalmente
enloqueceu e sequestrou o ônibus.

SEAN
(*excitado*)
Sabe, tem tipo essa regra.
Temos que ir pra casa às 7h55.

RONALD
Essa regra não existe!

SEAN
O caralho que não existe!
Se o ônibus não aparece em
trinta minutos, você *tem* que
voltar *direto* pra casa.

DONNIE
É… Ele tá certo. Porque se
ficamos esperando, algum cara
numa van pode parar e tentar
nos molestar. E aí nossos pais
podem processar a escola.

Todo mundo fica excitado… Olhando pra rua pra ver se o ônibus aparece.

O relógio de Sean marca 7h55. Nada de ônibus.

SEAN
Isso aí! 7h55. Todo mundo pra casa.

RONALD
Vamos pra casa do Donnie. Os pais
dele estão no trabalho.

Os três rapazes começam a andar.

DONNIE

Qual é, Sam, você pode ligar
pra mãe da Joanie lá de casa.

As duas garotas os seguem. Cherita permanece na esquina.

Ei, Cherita… você devia
ir pra casa.

SEAN

É, se você ainda estiver
aqui e o ônibus passar,
estamos ferrados.

CHERITA

Cala a boca.

SEAN

Ei, Dona Gaguinho, tomara
que te molestem!

De repente, Emily Bates (10) e Susie Bates (8) correm até o ponto de ônibus.

EMILY

Ei! Nossa mãe disse que
cancelaram as aulas hoje porque
a escola está inundada!

JOANIE

Não… sério?

Uma expressão horrível surge no rosto de Donnie.

INT. ESCOLA MIDDLESEX RIDGE - MANHÃ

Um servente chamado Leroy (55) está no fim do corredor com o diretor Cole. Água corre por seus sapatos escada abaixo.

LEROY

Tenho doze salas de aula
cheias d'água. Vem tudo de um
cano de água estourado.

DIRETOR COLE
O que mais?

LEROY
O que mais? Porra, diretor Cole, o senhor não vai acreditar no que mais.

EXT. PÁTIO - MANHÃ

Eles estão em frente à estátua de bronze do Vira-Lata de Middlesex. Há uma pixação no concreto logo em frente com a frase: ELES ME OBRIGARAM.

Há folhas de papel espalhadas por todos os cantos. Um machado está cravado na cabeça do Vira-Lata.

DIRETOR COLE
Jesus. É um machado?

LEROY
É.

DIRETOR COLE
Como isso aconteceu?

LEROY
(*pausa*)
Acho que eles o obrigaram.

Leroy não consegue segurar a onda. Ele começa a rir.

DIRETOR COLE
Você está demitido.

O diretor Cole sai.

EXT. PONTO DE ÔNIBUS 2 - MANHÃ (8H15)

Donnie, Sean, Ronald, Samantha, Joanie, Emily e Susie voltam do ponto de ônibus.

RONALD
A escola está fechada!
Todo mundo pra casa!

EMILY
Nã-não.

SAMANTHA
Sim. Um gatuno invadiu
a escola e destruiu tudo.

Susie conversa com Emily. Joanie e Samantha escutam.

EMILY
Mamãe disse que o vestiário
dos garotos parecia uma
piscina… e que eles acharam
fezes em todos os cantos.

SUSIE
O que são fezes?

EMILY
Filhotinhos de camundongo.

SUSIE
Ahhh.

JOANIE
Ai, meu Deus, é tão nojento.

EXT. PONTO DE ÔNIBUS 3 - CONT.

Sean olha para outro ponto de ônibus na rua.

SEAN
A escola está fechada!

Um bando de crianças grita… pulando sem parar.

EXT. PONTO DE ÔNIBUS 4 - CONT.

Donnie se aproxima de outra esquina, sozinho. Ricky Danforth (17) e Seth Devlin (18) estão com Gretchen.

SETH
(*fumando um cigarro*)
Alguém já te disse que
você é uma gostosa?

RICKY
Gosto dos teus peitos.

Gretchen olha pra eles com nojo.

Donnie se aproxima do grupo.

DONNIE
Ei…

GRETCHEN
Ei…

DONNIE
Cancelaram as aulas.

Eles se entreolham, surpresos.

GRETCHEN
(*para Donnie*)
Quer me levar até em casa?

DONNIE
Claro.

Eles começam a se afastar. Seth e Ricky olham para eles, furiosos.

GRETCHEN
Não fica com essa cara
de quem tá com medo.

DONNIE
Não estou. Mas você devia conferir sua mochila, porque esses caras adoram roubar.

GRETCHEN
Eles que se fodam.

Gretchen sorri para Donnie, e então se vira e mostra o dedo do meio para os garotos.

EXT. RUA DA VIZINHANÇA - CONT. (8H30)

Donnie e Gretchen caminham juntos pela calçada.

DONNIE
Então… você acaba de se mudar pra cá?

GRETCHEN
É. Meus pais se divorciaram. Minha mãe conseguiu uma ordem de restrição contra meu padrasto. (*pausa*) Ele tem… problemas emocionais.

DONNIE
Ah. Eu… eu também tenho. (*pausa*) Que tipo de problemas o seu pai tem?

GRETCHEN
(*pausa longa*)
Ele esfaqueou minha mãe quatro vezes no peito.

Donnie fica chocado.

DONNIE
Uau. Ele foi preso?

GRETCHEN
Escapou. Ainda não o encontraram. (*pausa*) Minha mãe e eu tivemos que mudar nossos nomes e outras coisas. Acho Gretchen um nome descolado.

DONNIE
Sinto muito. Já fui preso uma vez. (*pausa*) Eu incendiei uma casa acidentalmente. Ela estava abandonada. Repeti de ano na escola. Não posso dirigir até ter 18 anos. (*balbuciando*) Acho que quero ser pintor quando crescer. Ou talvez escritor. Ou talvez ambos. Então, vou escrever um livro e desenhar as ilustrações como um gibi. Você sabe, mudar as coisas.

GRETCHEN
Donnie Darko é um nome descolado. Parece de super-herói.

DONNIE
Quem te disse que eu não sou um?

Gretchen sorri.

Ela olha na direção de sua casa.

GRETCHEN
Preciso ir. Pra aula de física, o professor Monnitoff disse que eu preciso escrever um ensaio sobre a invenção que trouxe mais benefício para a humanidade.

DONNIE
Essa é fácil. Antissépticos.

Ela olha pra ele.

Quer dizer, o lance todo de higienizacão, Joseph Lister…

1895. Antes dos antissépticos,
não havia higienização,
especialmente na medicina.

GRETCHEN
Você quer dizer sabão?

DONNIE
Não menospreze o sabão. Sem
ele, as doenças se espalhariam
rapidamente… se acabassem
com o sabão, você e eu não
viveríamos pra ver o ano 2000.

GRETCHEN
Imagino onde estaríamos então.

DONNIE
O melhor sobre o sabão é que
é a única coisa do mundo que nunca
fica suja. Não interessa quanta
porcaria você jogue nele… ela
sempre é esfregada pra fora. E
o sabão está ali de novo… perfeito.

GRETCHEN
Até ele se desfazer.

Ela o encara por um momento.

DONNIE
Ainda bem que a escola
inundou hoje.

GRETCHEN
Por quê?

DONNIE
Sem isso, nunca teríamos
tido essa conversa.

Ela sorri.

GRETCHEN
Você é esquisito.

DONNIE
Desculpe.

GRETCHEN
Foi um elogio.

DONNIE
Você sai comigo?

GRETCHEN
Aonde nós vamos?

DONNIE
Não… quer dizer, você *sai* comigo? Tipo… como dizem por aqui. Sair juntos.

GRETCHEN
(*pausa*)
Claro.

Ela caminha e começa a subir a ladeira.

DONNIE
Aonde você vai?

GRETCHEN
Pra casa.

Cartela:

6 DE OUTUBRO DE 1988

INT. CONSULTÓRIO DA TERAPEUTA - NOITE (QUINTA-FEIRA, 18H)

A dra. Thurman está sentada ao lado de Donnie. Os olhos dele estão fechados.

DRA. THURMAN
E quando eu bater palmas
duas vezes, você vai
acordar. Entendeu?

DONNIE
Sim.

DRA. THURMAN
Então me conte sobre
o seu dia, Donald.

DONNIE
Eu conheci uma garota.

DRA. THURMAN
E qual o nome dela?

DONNIE
Gretchen. Estamos saindo
juntos, agora.

DRA. THURMAN
Você pensa muito em garotas?

DONNIE
Sim.

DRA. THURMAN
Como vão as coisas na escola?

DONNIE
Eu penso muito em garotas.

DRA. THURMAN
Perguntei sobre a escola.

DONNIE
Eu penso muito sobre… foder
durante as aulas.

DRA. THURMAN
No que mais você pensa
durante as aulas?

DONNIE
Eu penso… sobre… *Who's the boss?*[3]

DRA. THURMAN
Who is the boss?

DONNIE
Eu abaixo o volume e penso
em comer a Alyssa Milano.

DRA. THURMAN
E sobre sua *família*, Donnie?

DONNIE
Não, eu não penso em comer minha
família. Isso é doentio.

DRA. THURMAN
Donnie… quero que me fale
sobre seu amigo Frank.

Donnie começa a abrir o cinto. Ele não está mais prestando atenção.

A dra. Thurman rapidamente bate palmas. Donnie acorda de supetão, desorientado.

INT. AULA DE INGLÊS - DIA (SEXTA-FEIRA, 8H30)

Donnie, sentado com seus olhos bem abertos, encara algo.

POLICIAL
(*fora de cena*)
Aaron Armitige… Cherita Chen.

Donnie fica pálido.

3 Série de TV criada por Martin Cohan e Blake Hunter, exibida entre 1984 e 1992. Alyssa Milano, mencionada a seguir, era uma das atrizes da série.

DIRETOR COLE
Donald Darko.

Revelamos o quadro-negro. A frase "Eles me obrigaram" está escrita diversas vezes.

Há dois policiais em pé, perto do diretor Cole, no canto da sala.

Donnie se levanta, vai até o quadro e escreve a frase.

Ele volta a se sentar, sem titubear.

O policial hesita por um momento, detendo-se pra observar a caligrafia de Donnie. Ele então coloca um "?" ao lado do nome de Donnie na lista. A professora Pomeroy faz contato visual com ele.

INT. AULA DE SAÚDE - TARDE (SEXTA-FEIRA, 13H)

A câmera se afasta de uma televisão: uma nuvem é soprada pela tela, revelando um logotipo em que se lê: CUNNING VISIONS PRODUCTIONS. *Segue uma série de entrevistas… ao estilo de infomerciais.*

LINDA CONNIE
E o que percebi foi que, por toda minha vida, eu fui uma vítima do meu próprio *medo*. Eu *alimentava o medo com comida*… e finalmente… olhei no espelho. Não apenas *no espelho*. Eu olhei *através* do espelho. E naquela imagem eu vi o *reflexo* do meu *ego*.

A turma de saúde de Donnie está arrumada em filas uniformes em frente a um carrinho onde está a televisão. A professora Farmer marcha entre eles.

SHANDA RIESMAN
(*com o braço em volta do seu filho geek*)
…e por dois anos eu achei *normal* um garoto de quinze anos molhar a cama.

Risos dos estudantes.

PROFA. FARMER

QUIETOS!

SHANDA RIESMAN

(*embargada*)

Nós tentamos tudo. Mas a solução estava lá… o tempo todo.

LARRY RIESMAN

(*num rompante emocional*)

Não tenho mais *medo*!

Segue um clipe com imagens de "famílias".

LOCUTOR

Em toda a América… pessoas se unem para dar as mãos. Pessoas que acreditam que a vida humana é muito importante… valiosa demais para ser controlada pelo MEDO.

Um homem de meia-idade anda num pátio. É Jim Cunningham, o cara do campo de golfe.

JIM CUNNINGHAM

Oi. Meu nome é Jim Cunningham. Bem-vindos a "Controlando o Medo".

O título CONTROLANDO O MEDO *aparece na tela, seguido por* PARTE UM: CRENÇAS COMPORTAMENTAIS.

FRANK

(*voice over*)

Preste atenção, pra não perder nada.

Donnie encara Jim Cunningham, na tela.

EXT. RUÍNAS EM OLD GUN - TARDE (HORA MÁGICA DE SEXTA-FEIRA, 16H30)

As ruínas de uma chaminé de tijolos alojada no

meio de um campo. Donnie, Sean e Ronald alinharam diversas garrafas vazias de cerveja, latas e bichos de pelúcia na lareira.

Eles se revezam acertando esses alvos com uma espingarda de chumbinho.

Blam! Uma lata cai. Ronald passa a arma para Donnie. Sean pega uma garrafa de vinho de framboesa e toma um gole. Ele passa a garrafa para Ronald.

RONALD
Que porra é essa?

SEAN
Framboesa.

Ele toma um gole… que resulta numa golfada.

RONALD
Framboesa. Essa porra é boa.

Donnie mira na cabeça com trancinhas da Smurfette. Ele puxa o gatilho. A Smurfette cai.

Foda!

SEAN
Essa não trepa mais.

RONALD
A Smurfette não trepa.

SEAN
Tá falando merda. A Smurfette
trepa com todos os outros smurfs.
É pra isso que o Papai Smurf
a criou, porque os outros smurfs
já tavam ficando com muito tesão.

RONALD
Menos o *Vaidoso*. Ele é bicha.

Blam! Uma garrafa se estilhaça.

SEAN

Então ela trepa com todos enquanto o Vaidoso olha. E o Papai Smurf *filma*.

Ronald toma mais um gole do vinho de framboesa… Seguido de mais uma golfada. Blam! Uma garrafa se quebra.

DONNIE

Pra começar… o Papai Smurf não criou a Smurfette. Foi o Gargamel. Ela foi mandada como uma espiã malvada do Gargamel, com a intenção de destruir a vila Smurf. Mas a esmagadora bondade do estilo de vida Smurf a transformou na Smurfette que todos nós conhecemos e amamos. Quanto ao cenário da orgia… ele não poderia acontecer. Os Smurfs são *assexuados*. Eles provavelmente nem têm órgãos reprodutivos debaixo daquelas calças brancas. O único motivo pelo qual eles existem é por causa de encantamentos mágicos e bruxaria… o que é uma puta duma babaquice, se você quer saber. (*pausa*) É isso que não faz o menor sentido a respeito dos Smurfs… qual a razão de viver se você nem tem pau?

Donnie aponta a arma… puxa o gatilho. Blam! Uma garrafa se quebra.

RONALD

Caralho, Donnie! Por que você sempre tem que bancar o esperto com a gente?

Donnie pega a garrafa do vinho de framboesa e toma um golinho.

A conversa deles é interrompida pelo cantar de pneus.

EXT. OLD GUN ROAD - CONT.(HORA MÁGICA, 17H)

Descendo a ladeira, uma perua Dodge freia no meio da Old Gun Road. A Vovó Morte está de novo no meio da rua.

DONNIE

Vovó Morte.

A professora Farmer põe a cabeça para fora da janela.

PROFA. FARMER

Com licença!

Vovó Morte não a escuta. Ela perambula em círculos. Furiosa, a professora Farmer sai do carro e caminha até a senhora, e a conduz pelos ombros de volta para a calçada.

Por favor, saia da estrada, dona Sparrow. Se acontecer de novo, vou chamar o serviço social.

A professora Farmer volta ao carro e sai dirigindo.

Vovó Morte espreita novamente ao lado de sua caixa de correio.

RONALD

Quantos anos tem a Vovó Morte?

DONNIE

Cento e um, eu acho. Todos os dias, ela faz a mesma coisa. Mas nunca tem correspondência.

Vovó Morte se aproxima da caixa de correio.

SEAN

Lá vai… quem sabe agora?

Ela abre… e volta a fechar. Ela se afasta.

RONALD

Ahhh. Isso dói.

Ela volta à caixa de correio…

SEAN
Espera aí… talvez seja *agora*…

Ela abre… e fecha. E se afasta.

RONALD
Nãããão!

Eles continuam a observá-la, bebendo ao pôr do sol, enquanto a Vovó Morte repete sua rotina como uma antiga boneca de corda.

INT. SALA DE ESTAR - NOITE (SEXTA-FEIRA, 19H)

Donnie está deitado no sofá assistindo à TV. Está passando uma reportagem sobre a escola inundada. Vários operários estão empacotando suas coisas.

INT. BANHEIRO DO SEGUNDO ANDAR - MOMENTOS MAIS TARDE (19H15)

Parecendo estar enjoado, Donnie abre o armarinho de remédios e busca suas pílulas. Ele toma quatro de uma vez. Donnie bebe um pouco de água, fechando os olhos. Ele guarda o frasco e fecha o armarinho.

No reflexo do espelho, Donnie vê Frank. Donnie pula.

FRANK
Você se acostuma. Não se preocupe.

Donnie estica a mão em direção a Frank e pressiona uma parede invisível, como se pressionasse sua mão contra um vidro líquido.

DONNIE
Como você faz isso?

FRANK
Posso fazer tudo o que quiser… E você também…

Donnie encara Frank de perto. Ele então abaixa suas mãos e se afasta.

EXT. AUDITÓRIO DA ESCOLA MIDDLESEX RIDGE - NOITE (19H15)

Lê-se num cartaz:

REUNIÃO EMERGENCIAL DE

PAIS E MESTRES ESTA NOITE.

INT. AUDITÓRIO - NOITE (19H15)

Pais e professores se reúnem em frente à entrada do auditório. Kitty Farmer entrega páginas xerocadas.

Eddie e Rose conversam com outros pais preocupados.

A professora Pomeroy se aproxima de Kitty Farmer.

PROFA. POMEROY
O que você está tramando aqui?

PROFA. FARMER
(*indignada*)
Tinha urina e fezes inundando
meu escritório.

INT. AUDITÓRIO - MAIS TARDE

A plateia se acalma… o diretor Cole sobe ao palco.

DIRETOR COLE
Em cooperação com a polícia
do distrito, começamos uma
investigação ativa por causa da
inundação… e os suspeitos incluem
vários de nossos próprios alunos.

Kitty Farmer se levanta de sua poltrona próxima da primeira fila.

PROFA. FARMER
Quero saber por que essa
imundície está sendo ensinada
às nossas crianças.

A plateia se agita.

DIRETOR COLE
Kitty, eu agradeceria…
se você pudesse esperar…

PROFA. FARMER
Sr. Cole… não apenas eu sou uma
professora… mas também sou *mãe* de
uma criança da Middlesex. Portanto,
sou a *única* aqui que transcende
a ponte entre pais e mestres.

DIRETOR COLE
Kitty…

PROFA. FARMER
A moral da história… sr.
Cole… é que estão ensinando
às nossas crianças coisas
que são responsáveis por esse
comportamento destrutivo.

Ela se levanta.

Tenho em mãos uma cópia de
"Os Destruidores", de Graham
Greene. Esse conto é parte da
lição de inglês da minha filha.
Nessa história, várias crianças
destroem a casa de um idoso por
completo. Eles destroem sua casa
sem motivo, sem uma consequência
moral. Eles destroem propriedade
privada… e conseguem se safar.

A professora Pomeroy sacode a cabeça desapontada.

E como eles fazem isso?
Inundando a casa… arrebentando
o encanamento d'água!

DIRETOR COLE
(*tentando acalmá-la*)
O Conselho de Pais e Mestres foi
convocado para informar os pais de
nossa investigação em andamento…

PROFA. FARMER
(*furiosa*)
EU SOU O CONSELHO DE PAIS
E MESTRES! E digo que essa
indecência está diretamente
relacionada ao vandalismo…

Aplausos da plateia.

Acho que esse lixo devia
ser retirado da escola.

Vários gritos de aprovação vêm da plateia.

INT. BANHEIRO DO SEGUNDO ANDAR - NOITE

Donnie continua conversando com Frank.

DONNIE
Por que você me fez
inundar a escola?

FRANK
Só queremos guiá-lo para
o caminho certo.

DONNIE
Quem é… nós?

FRANK
Você vai saber logo.

DONNIE
(*desesperado*)
De onde você veio?

FRANK
(*pausa*)
Você acredita em viagem
no tempo, Donnie?

Um momento de silêncio.

SAMANTHA
Com quem você tá falando?

Donnie se vira e vê Samantha parada no corredor. Frank se foi.

INT. AUDITÓRIO - NOITE

Um debate caloroso entre os pais se desenvolve. Frustrada, Rose se levanta. Karen Pomeroy está furiosa.

ROSE
Desculpe… mas qual é o assunto pra valer aqui? O Conselho de Pais e Mestres não pode proibir livros da escola.

PROFA. FARMER
O conselho está aqui para confirmar que existe pornografia no currículo de nossa escola.

PROFA. POMEROY
(*se levantando*)
Meu *Deus*… mulher, você bebeu?

PROFA. FARMER
Como é que é? Você precisa voltar para a faculdade.

ROSE
(para Kitty)
Você pelo menos sabe quem é Graham Greene?

PROFA. FARMER
(*para Rose*)
Acho que todos nós já assistimos *Bonanza*.[4]

4 Farmer confunde o autor de "Os Destruidores" com o ator do antigo seriado de bangue-bangue Lorne Greene.

A professora Pomeroy está indignada. Rose e Eddie começam a rir, pegam seus casacos e vão embora.

EXT. FLIPERAMA WIZARD - TARDE (SÁBADO, 13H)

Donnie e Gretchen jogam um simulador de corrida da Sega. Donnie pilota uma Ferrari envenenada pelo Grand Canyon.

GRETCHEN
Então quando você fica sonâmbulo consegue se lembrar das coisas depois? Tipo, você sonha?

DONNIE
Não. Eu só acordo e olho pros lados, tentando entender onde estou… como cheguei ali.

GRETCHEN
Meu pai disse pra nunca acordar um sonâmbulo… Porque eles podem cair mortos.

O Pontiac Trans-Am bate de frente numa árvore. Game Over.

DONNIE
É tipo essa força… dentro do seu cérebro. Mas, às vezes, ela aumenta… e se espalha pelos seus braços e suas pernas… e ela te leva prum canto qualquer.

GRETCHEN
E quando você fica sonâmbulo, vai pra algum lugar conhecido?

DONNIE
Não. Toda vez eu acordo num lugar diferente. Às vezes, minha bicicleta está deitada perto de mim. Tipo quando eu acordei na beirada do monte Cárpato.

GRETCHEN
E você nunca esteve lá antes?

Eles ficam em silêncio por um momento.

Donnie?

DONNIE
Oi?

GRETCHEN
Você já sentiu como se sempre
tivesse alguém te espiando?

DONNIE
Por quê?

GRETCHEN
Bem... talvez alguém esteja tipo...
te dando uns remédios pra sonhar.
E o sonambulismo... seja alguém
te mostrando o caminho.

Cartela:

<u>13 DE OUTUBRO DE 1988</u>

INT. AULA DE INGLÊS - MANHÃ (8H)

Donnie está em pé na frente da turma. A professora Pomeroy está sentada atrás da escrivaninha. No quadro-negro está escrito "Dia da Poesia".

DONNIE
"Uma tempestade se aproxima, diz
Frank. Uma tempestade que vai
engolir as crianças... e eu devo
resgatá-las do reino da dor.
(*pausa*) Eu vou levá-las até
suas portas de casa. Vou mandar
os monstros de volta para as
profundezas. Vou mandá-los de

volta para um lugar onde ninguém
consegue vê-los… exceto eu.
Porque eu sou Donnie Darko."

Donnie volta para sua cadeira. A professora Pomeroy o encara intensamente.

PROFA. POMEROY
Quem é Frank?

DONNIE
Um coelhinho de um metro e oitenta.

A turma começa a rir. Donnie olha para Gretchen.

INT. AULA DE SAÚDE - TARDE (QUINTA-FEIRA, 13H)

A professora Farmer está ao lado do televisor onde Jim Cunningham narra o tutorial da Linha da Vida.

JIM CUNNINGHAM
E então, agora, vamos
começar o Exercício número
1 da Linha da Vida.

"POR FAVOR APERTE STOP AGORA" *aparece escrito na tela.*

A professora Farmer para a fita e vai até o quadro--negro. Nele, ela desenha uma linha horizontal com as palavras "Amor" e "Medo" nas extremidades.

PROFA. FARMER
Como vocês podem ver, a Linha
da Vida é controlada por dois
polos extremos: "Medo" e "Amor".
O medo está no espectro de
energia negativa. O amor está no
espectro de energia positiva.

SEAN
(*para Donnie*)
Não brinca.

PROFA. FARMER

Com licença? (*defensiva*) "Não brinca" é um produto do medo.

Ela encara os dois por um instante, balançando a cabeça.

(*distribuindo cartões*) Agora, em cada cartão há um *Dilema de Caráter* que se aplica à Linha da Vida. Por favor, leiam cada dilema em voz alta… e marquem com um X na Linha da Vida na posição apropriada.

Os alunos leem seus cartões.

Vamos começar pela frente.

Cherita Chen se levanta e vai até o quadro-negro. A professora Farmer puxa grandes cartolinas brancas com cartuns em preto e branco desenhados.

CHERITA

Juanita tem uma prova de matemática importante hoje. Ela soube da prova há várias semanas, mas não estudou. Para evitar tirar uma nota baixa, Juanita decide que vai colar na sua prova de matemática.

Cherita marca um X perto do canto do "Medo" na Linha da Vida.

PROFA. FARMER

Bom. Próximo.

Donnie observa diversos alunos interpretando seus respectivos dilemas humanos.

Finalmente, chega a vez dele.

DONNIE

Ling Ling encontra uma carteira cheia de dinheiro. Ela leva a carteira ao endereço na carteira

de motorista, mas fica com
o dinheiro que estava na carteira.

Donnie olha para o quadro-negro.

Desculpe, professora Farmer,
eu não estou entendendo.

PROFA. FARMER
(*impaciente*)
Apenas marque um X no local
apropriado na Linha da Vida.

DONNIE
Eu não entendo. Nem tudo
pode ser embolado em duas
categorias. É muito simplista.

PROFA. FARMER
A Linha da Vida é dividida
dessa maneira.

DONNIE
Bem, a vida não é tão simples
assim. E daí que a Ling Ling
pegue o dinheiro e devolva
a carteira. Não tem nada a ver
nem com medo, nem com amor.

PROFA. FARMER
(*impaciente*)
Medo e amor são as emoções
humanas mais profundas.

DONNIE
Bem, tá... Ok, mas a senhora não
está escutando. Existem outras
coisas que precisam ser levadas em
consideração aqui. Como o espectro
total das emoções humanas. A
senhora está apenas embolando
tudo nessas duas categorias... e,
tipo, negando todo o resto.

A professora encara Donnie veementemente. Ela não acredita no que está escutando.

As pessoas não são tão simples.

PROFA. FARMER
(*sem saber como argumentar com ele*)
Se você não completar sua tarefa, vai levar um zero.

Donnie pensa por um momento… e então levanta a mão.

INT. SALA DO DIRETOR COLE - TARDE (14H)

Donnie e seus pais estão sentados em frente ao diretor Cole.

DIRETOR COLE
Donald… deixe-me começar dizendo que suas notas nos exames de Iowa são… (*olhando para o arquivo*)… intimidantes. (*esfregando as têmporas*) Então… vamos passar por isso mais uma vez. O que exatamente você disse para a professora Farmer?

Donnie não responde. Vemos que a professora Farmer está em pé num canto da sala.

PROFA. FARMER
(*furiosa*)
Ele me mandou… inserir forçosamente o cartão da Linha da Vida no meu ânus.

Silêncio. Rose abaixa a cabeça, furiosa. Eddie deixa escapar uma risada breve, que ele tenta disfarçar tossindo. Não funciona.

INT. SALA DOS PROFESSORES/SALA DO DIRETOR - MOMENTOS MAIS TARDE (14H15)

Eddie e Donnie saem da sala do diretor, e se afastam enquanto Rose se aproxima de Kitty, que está visivelmente abalada.

ROSE

Kitty, nem sei o que dizer. Eles o suspenderam por dois dias. (*pausa*) Desde o acidente da turbina de avião, eu honestamente não sei o que aconteceu com ele.

PROFA. FARMER

Rose, vou dizer isso porque nossas filhas estão juntas na equipe de dança há dois anos e eu lhe respeito como *mulher*. Mas depois de testemunhar o comportamento do seu filho hoje eu tenho… dúvidas significativas… (*ela interrompe a si mesma*) Nossos caminhos na vida devem ser honrados. Eu imploro que você vá pra casa e se olhe no espelho e reze para que seu filho não sucumba ao caminho do medo.

Kitty Farmer se vira e sai.

EXT. QUINTAL DOS DARKO/PÁTIO - PÔR DO SOL (HORA MÁGICA, 17H30)

Samantha salta na cama elástica.

INT. QUARTO DE DONNIE - NOITE (17H30)

Donnie entra no seu quarto pela primeira vez desde o acidente, olha ao redor para seus novos móveis, pintura e carpete. Tudo está perfeito.

Elizabeth aparece na porta atrás dele segurando um telefone sem fio.

ELIZABETH

(*ao telefone*)

Ai, meu Deus, lembra da professora de educação física, a dona Farmer? (*pausa*) É! Bem, parece que meu

irmão a xingou de vaca gorda
hoje na sala e foi suspenso. E
meus pais compraram todas essas
merdas novas pra ele. (*pausa*) É,
eu sei. Queria que uma turbina
de avião caísse no meu quarto.

INT. BISTRÔ ITALIANO MARINO - NOITE (18H)

Eddie e Rose sentados de frente um para o outro no pátio do bistrô… jantando em silêncio.

ROSE
Ele já é velho demais pra se
comportar desse jeito.

Eddie pensa a respeito.

EDDIE
Ah, e se a gente comprasse
uma mobilete pra ele?

INT. QUARTO DE DONNIE - NOITE (19H)

Donnie está deitado na cama… olhando para o teto. Ele se vira e observa o calendário na parede. Os dias do mês de outubro estão marcados com um X em cada quadrinho. Um desenho de Frank está preso no calendário.

DONNIE
28 dias, 6 horas, 42
minutos, 12 segundos.

INT. AULA DE FÍSICA - DIA (SEXTA-FEIRA, 14H30)

Todos estão deixando a sala, Donnie fica por último.

DONNIE
Dr. Monnitoff?

DR. MONNITOFF
Donnie.

DONNIE
Sei que isso vai parecer meio esquisito… mas você sabe alguma coisa sobre viagem no tempo?

O dr. Monnitoff para, vira e olha para Donnie. Ele parece saber de algo.

INT. AULA DE FÍSICA - MAIS TARDE

O dr. Monnitoff desenhou um diagrama no quadro-negro. Em sua mão, ele segura um exemplar de Uma Breve História do Tempo, *de Stephen Hawking.*

DR. MONNITOFF
Assim… de acordo com Hawking… os buracos de minhoca podem ser capazes de prover um atalho para saltos entre duas regiões distantes do espaço-tempo.

DONNIE
Então… para viajar no tempo você precisaria de uma grande espaçonave ou algo que conseguisse viajar mais rápido que a velocidade da luz…

DR. MONNITOFF
Teoricamente.

DONNIE
…e ser capaz de encontrar um desses buracos de minhoca.

DR. MONNITOFF
Um buraco de minhoca com uma ponte de Einstein-Rosen, que é, em teoria… um buraco de minhoca no espaço controlado pelo homem.

DONNIE
Então… é isso?

DR. MONNITOFF
Os princípios básicos da viagem no tempo são esses. (*pausa*) Você tem o veículo e o portal. E o veículo pode ser qualquer coisa. Mais provavelmente uma espaçonave.

EXT. PÁTIO DA ESCOLA - CONT.

Cherita Chen escuta essa conversa atentamente.

INT. AULA DE FÍSICA - CONT.

DONNIE
Tipo um DeLorean.

DR. MONNITOFF
(*sorrindo*)
Um artefato de metal de algum tipo.

Donnie encara o professor com atenção.
O dr. Monnitoff vai até sua escrivaninha e pega um livro.

Não diga a ninguém que eu te dei isso. (*pausa*) A mulher que o escreveu… ela costumava dar aula aqui muito tempo atrás. Ela foi uma freira por muito tempo e aí, da noite pro dia, se transformou numa pessoa completamente diferente. Ela saiu da Igreja, escreveu esse livro, e começou a dar aulas de ciência.

Donnie pega o livro surrado… vemos a capa.

INT. CORREDOR PRINCIPAL DA ESCOLA - MOMENTOS MAIS TARDE

Donnie está parado em frente a um conjunto de fotografias antigas. A câmera dá um zoom in em uma fotografia em preto e branco de uma jovem Roberta Sparrow, de pé numa sala de aula, datada de 1944.

Donnie olha para o livro… e então para a fotografia.

DONNIE
Roberta Sparrow… Vovó Morte.

INT. COZINHA - NOITE (SEXTA-FEIRA, 18H)

Donnie se senta para jantar com sua família.

DONNIE
O título é *A Filosofia da Viagem no Tempo*.

ELIZABETH
O que viagem no tempo tem a ver com filosofia?

DONNIE
Advinha quem escreveu?

Ninguém parece saber.

Vovó Morte.

ROSE
Esse apelido é horrível.

EDDIE
Vovó Morte.

DONNIE
(*para Eddie*)
Você sabe, Roberta Sparrow. Nós quase a atropelamos outro dia.

ROSE
Ouvi dizer que ela é rica.

A família se surpreende.

EDDIE
É isso mesmo. Roberta Sparrow era famosa por sua coleção de joias. Os garotos tentavam roubá-la o tempo todo. Ao longo dos anos… enquanto envelhecia, ela se tornou

mais e mais reclusa… Ela agora
só quer saber de ficar na dela.

DONNIE
Acho que ela perdeu a fé no mundo.

EXT. QUINTAL DOS DARKO - PÔR DO SOL (SÁBADO, 17H30)

Câmera lenta: Donnie e Gretchen pulam na cama elástica, perdidos entre folhas caídas de outono.

INT. CONSULTÓRIO DA TERAPEUTA - DIA (DOMINGO, 12H)

Donnie está de volta ao divã da dra. Thurman.

DRA. THURMAN
Quantas vezes você já viu o Frank?

DONNIE
Quatro vezes… por enquanto.

DRA. THURMAN
Mais alguém consegue vê-lo?

DONNIE
Acho que não. É como um canal
de TV. E eles estão sintonizados
em mim e em mais ninguém.

DRA. THURMAN
Quem são eles? Frank faz
parte de um grupo maior?

DONNIE
Não sei. Gretchen tem uma
teoria. Que Frank é um sinal.
Eu falei pra ela que esse
pensamento era ridículo.

DRA. THURMAN
Um sinal de quem?

DONNIE
(*mudando de assunto*)

Acho que Frank quer que eu fale
com essa mulher. (*segurando
o livro*) Ela escreveu um livro
sobre viagem no tempo. Frank me
perguntou se eu acreditava em
viagem no tempo. Não pode ser
apenas coincidência. (*pausa*) Meu
pai quase atropelou ela outro dia,
e ela disse a coisa mais estranha.
Ela disse que toda criatura viva
neste planeta morre sozinha.

DRA. THURMAN
Como você se sentiu com isso?

DONNIE
Me lembrei da minha
cachorrinha, Callie.

DRA. THURMAN
A Callie ainda está viva?

DONNIE
Não. Ela morreu quando eu tinha
oito anos. Nós procuramos por ela
durante dias. Ela cavou por baixo
da nossa varanda dos fundos…

DRA. THURMAN
Você se sente sozinho agora?

Ele olha para ela por um instante.

DONNIE
Eu quero pensar que não… mas eu
nunca vi nenhuma prova. Então
prefiro não me preocupar com isso.
É como se eu passasse minha vida
inteira pensando nisso… debatendo
na minha cabeça. Pesando os prós
e contras. E, no final das contas,
eu ainda não encontraria as
provas. Então… eu nem quero debater

mais. Porque é ridículo. (*pausa*)
Eu não quero estar sozinho. (*pausa*)
Então isso faz de mim um ateu?

DRA. THURMAN
Não. Isso faz com que você
continue procurando.

Donnie assimila isso por um momento.

INT. SALA DE ESTAR - NOITE (DOMINGO, 19H15)

Eddie e o dr. Fisher assistem ao jogo do Redskins. Ronald e Donnie assistem ao jogo na sala de estar.

EDDIE
Ahhh… precisamos do Theisman.

DR. FISHER
Precisamos de um milagre.

INT. COZINHA - CONT.

Rose e Anne Fisher (46) dividem uma garrafa de vinho que está em cima da mesa.

ANNE
E então, as fitas dele me
fizeram perceber que por 46 anos,
eu tenho sido uma prisioneira do
medo. Rose, você precisa conhecer
Jim Cunningham. (*tomando um
gole de vinho*) Não acredito
que ele seja solteiro.

Samantha salta pela cozinha em direção à sala de estar usando uma fantasia de Dorothy, de O Mágico de Oz.

INT. SALA DE ESTAR - CONT.

Donnie, sentado na poltrona reclinável, começa a cochilar…

O tira-teima do programa de esportes de John Madden na CBS aparece na tela da TV. Madden desenha linhas eletrônicas na tela, traçando o movimento dos jogadores… enquanto suas imagens são congeladas.

Os olhos de Donnie se fecham… e então reabrem.

Donnie vira a cabeça e vê que a sala está momentaneamente banhada por uma luz branca artificial, como se Deus apertasse o botão de câmera lenta durante um relâmpago.

Donnie vira a cabeça e vê algo atravessando a barriga do pai… é uma lança grossa feita de um gel plástico prateado.

Enquanto Eddie se levanta do sofá para ir à geladeira… sua lança o precede… moldando-se numa ponta saliente que alcança o refrigerador alguns segundos antes dele.

A lança traça a geografia exata de seus movimentos pelo tempo… usando seu centro de gravidade como um ponto do eixo.

Donnie se vira e vê Samantha saltando pela cozinha… e sua lança salta vários metros à sua frente como uma lagarta. A lança dela… menor do que a do pai… é proporcional à sua massa.

SAMANTHA
(*sua voz ecoando pelo silêncio*)
Siga a estrada de
tijolos amarelos...

Donnie olha para a barriga e vê sua própria lança projetando-se para fora. Ela então começa a se espichar em direção ao hall de entrada.

Ele não a segue. A lança então se vira e acena para que ele a siga.

Como uma criança hipnotizada por um vaga-lume… Donnie segue o caminho de sua lança até o hall.

INT. HALL DE ENTRADA/HALL DO SEGUNDO ANDAR - CONT.

Donnie e sua lança viram a curva e chegam ao quarto dos pais.

INT. SUÍTE DO CASAL - NOITE

A lança o leva até o closet. Ele abre a porta… e a lança o leva até uma caixa escondida sob a sapateira do pai.

Donnie remove a caixa do closet e abre a tampa. Lá dentro há uma arma. Donnie remove a pistola da caixa… olhando pra ela com a mesma expressão infantil.

De repente… o universo de Donnie volta imediatamente ao normal. As luzes brancas e a lança desapareceram.

Donnie ainda segura a arma. Sua expressão muda para um choque nervoso.

Seus olhos permanecem sobre a arma por um momento, e então ele a coloca de volta na caixa… e cuidadosamente põe a caixa debaixo da sapateira.

Cartela:

18 DE OUTUBRO DE 1988

EXT. PONTO DE ÔNIBUS - MANHÃ (TERÇA-FEIRA, 7H30)

A turma de sempre do ponto de ônibus está reunida. Donnie chega por último… sozinho. Ele parece cansado e preocupado.

Um avião sobrevoa o local… e todos olham para o céu.

INT. AULA DE INGLÊS - MANHÃ (8H30)

Vemos os alunos colocando livros de Graham Greene sobre a mesa da professora Pomeroy.

PROFA. POMEROY

Não me dá prazer nenhum negar a vocês o direito de ler um dos maiores escritores do século XX. Mas… ai de mim!, ainda não fui eleita Rainha do Universo. Até que esse dia chegue, serei obrigada a obedecer às regras… e vocês também. *Então…* se algum de vocês

for encontrado carregando esse
livro pela escola, será suspenso.

Donnie desliza seu exemplar para dentro da mochila.

Mas não se preocupem. Alguém já
encomendou diversas cópias na
livraria do Shopping Sarasota.
Agora, na ausência do sr. Greene
iremos ler outro clássico. *A
Longa Jornada*, de Richard Adams.

*Ela começa a distribuir edições do livro. Beth
Farmer sorri quando vê a capa.*

BETH
Ahhhhh. Coelhinhos.

PROFA. POMEROY
(*sussurrando em seu ouvido*)
Donnie, talvez você e Frank
possam ler esse aí juntos.

INT. BANHEIRO DA ESCOLA - MANHÃ (11H30)

*Donnie anda pelos cantos da escola. De repente,
uma figura se aproxima, agarrando-o por trás,
e encostando um canivete em sua garganta.
É Seth Devlin.*

SETH
Você disse pra eles que
eu inundei a escola?

DONNIE
Não disse porra nenhuma.

SETH
Não foi o que eu ouvi. Agora
eles acham que fui eu.

DONNIE
Bem, se você é inocente, então não
tem nada com o que se preocupar.

SETH

Quer saber o que eu acho?
Acho que foi você.

Seth pega o canivete e espeta suavemente a ponta na carne do pescoço de Donnie, e um pouco de sangue começa a escorrer.

Ele empurra Donnie para longe. Donnie toca o pescoço, assustado.

INT. AULA DE FÍSICA - DIA (14H30)

Donnie entra na sala de aula e senta-se perto de Gretchen. Ele está suando em bicas.

O dr. Monnitoff está entregando folhas. O sino toca. Os alunos se arrastam para fora de aula.

DR. MONNITOFF

Não esqueçam que amanhã
encontraremos nossos parceiros
na Feira dos Jovens Inventores.

Donnie esfrega o dedo sobre seu ferimento no pescoço.

GRETCHEN

O que houve com seu pescoço?

DONNIE

Não quero falar sobre isso.
(*mudando de assunto*) Então,
o que nós vamos inventar?

EXT. BOSQUE DO CAMPO DE GOLFE - NAQUELA TARDE (15H)

Donnie e Gretchen seguem uma trilha.

GRETCHEN

Você já teve medo do escuro?

Eles param num canto.

DONNIE

Por quê?

Ela pensa por um instante.

GRETCHEN
Bebês choram porque têm medo do
escuro. E porque não têm memórias…
por tudo o que eles sabem, toda
noite pode durar para sempre.
Tipo, escuridão perpétua.

DONNIE
Por que não comprar um
abajur para o bebê?

GRETCHEN
Não é o suficiente. Você
precisa voltar no tempo
e pegar todas aquelas horas de
escuridão e dor e trocá-las…
por aquilo que bem entender.

DONNIE
Tipo o quê, imagens?

GRETCHEN
Tipo… um pôr do sol havaiano…
o Grand Canyon. Coisas que
te lembram de como o mundo
pode ser bonito.

Donnie para e pega a mão de Gretchen.

DONNIE
Sabe… estamos saindo já
faz uma semana e meia…

GRETCHEN
E daí?

DONNIE
Bem…

GRETCHEN
Você quer me beijar…

Donnie se aproxima meio atrapalhado para lhe dar um beijo, mas Gretchen se vira e o impede.

Donnie vira para o lado, envergonhado.

DONNIE
Tudo bem… eu entendo.

GRETCHEN
(*envergonhada*)
Não… Donnie, espera. Eu nunca…

DONNIE
Eu sempre quis que fosse num momento… que lembrasse o quanto o mundo pode ser bonito.

GRETCHEN
É. E justo agora tem um gordão lá olhando pra gente.

Um homem num agasalho de corrida está parado no bosque, fumando um cigarro. Ele se vira… desaparecendo na mata.

EXT. RUA DA VIZINHANÇA - UM POUCO DEPOIS NAQUELA TARDE (16H)

Donnie pedala pela calçada… e freia numa derrapada, encontrando uma carteira perdida.

Donnie abre a carteira, vê a identidade. Está escrito:

JIM CUNNINGHAM
POWDERHAM DRIVE, 42
MIDDLESEX, VA 23113

FRANK
(*v.o., ecoando na cabeça de Donnie*)
Agora você sabe onde ele mora.

Donnie olha pra cima e vê que está em frente à mansão em estilo real inglês de Cunningham.

INT. COZINHA - NOITE (19H15)

Donnie está sentado na bancada da cozinha, esculpindo uma abóbora com Elizabeth.

ELIZABETH
Ouvi dizer que você
tem uma namorada.

DONNIE
É.

ELIZABETH
Qual o nome dela?

DONNIE
Você não vai contar pra mamãe, vai?

ELIZABETH
(*defensiva*)
Por que eu contaria pra mamãe?

DONNIE
Porque você conta tudo pra ela.

ELIZABETH
Eu não. (*longa pausa*) Ela
se preocupa com você.

DONNIE
Bem, não se preocupe… estou
tomando meus remédios.

ELIZABETH
Não é isso. Tô falando de
você xingar seus professores.
Confesso que… quando papai
me disse o que você falou
pra professora Farmer…
eu me mijei de rir.

DONNIE
Eu só estava sendo sincero.

ELIZABETH
É… bem, não é assim que o mundo
funciona. Se você continuar
sendo muito honesto, qualquer
dia o mundo vai encontrar
um jeito de te destruir.

DONNIE
O nome dela é Gretchen.

ELIZABETH
É um nome bonito. (*pausa*)
Ok. Deixa eu ver.

Donnie vira a lanterna de abóbora e vemos que ela se parece bastante com Frank.

INT. CONSULTÓRIO DA TERAPEUTA - NOITE (20H)

Rose e Eddie estão sentados em frente à dra. Thurman.

ROSE
Obrigada por nos atender… Nós…
sentimos que era hora de discutir…

DRA. THURMAN
Querem saber o que eu acho que
está acontecendo com o seu filho.

ROSE
Bem, você conhece o passado
dele. E quando você pediu para
ficarmos atentos a sinais de
agressão… Ele recentemente foi
suspenso da escola por insultar
a professora de educação física.

EDDIE
Ela mereceu.

DRA. THURMAN
Rose… deixe-me expor o que eu
acredito que esteja acontecendo

aqui. O comportamento
agressivo do Donnie parece
brotar do seu crescente
distanciamento da realidade
e de sua inabilidade de lidar
com as forças do mundo que ele
percebe como sendo ameaçadoras.

Rose ri nervosamente.

Seu filho já contou
a vocês sobre o Frank?

ROSE

Como é?

DRA. THURMAN

Frank… o coelhinho gigante?

ROSE

Frank?

DRA. THURMAN

Donnie está vivenciando
o que vulgarmente chamamos
de alucinações diurnas.

ROSE

Você está me dizendo que meu
filho tem um amigo imaginário?

DRA. THURMAN

Ele descreveu longas conversas…
encontros físicos com o que eu
acredito ser uma manifestação
do seu subconsciente.

Rose olha para Eddie com uma expressão de pânico.

ROSE

Eu… O que nós podemos fazer?

DRA. THURMAN
Gostaria de tratá-lo com
hipnoterapia… e aumentar a medicação.

Eddie olha para Rose… que acena em aprovação.

ROSE
Se você acha que é necessário.

DRA. THURMAN
Mas deixe-me lembrá-los que esse
tratamento é… experimental.

INT. COZINHA - NOITE

Donnie entra na cozinha e retira uma faca de açougueiro de uma gaveta.

INT. BANHEIRO DO SEGUNDO ANDAR - NOITE

Donnie está parado em frente ao espelho do banheiro… catatônico… olhando para o seu reflexo.

Frank está atrás dele.

De repente, Donnie se vira e dá uma estocada com a faca em Frank com toda a força.

A faca colide com o escudo de força invisível de Frank como se este fosse de metal líquido. Donnie, num surto psicótico, golpeia repetidamente… mas a faca sempre rebate no escudo de força.

Cartela:

<u>20 DE OUTUBRO DE 1988</u>

INT. AUDITÓRIO DA ESCOLA - MANHÃ (10H)

O auditório está lotado de pestinhas da escola. Jim Cunninhgam sobe ao palco.

JIM CUNNINGHAM
(*gritando*)
Bom dia, pestinhas!

PLATEIA
(*vozes disparsas*)
Bom dia…

JIM CUNNINGHAM
Isso é o melhor que vocês
conseguem? Eu disse: "Bom dia!".

PLATEIA
(*gritando mais alto*)
Bom DIA!

JIM CUNNINGHAM
Assim está melhor… mas eu
ainda sinto uns alunos na
plateia… que estão com *medo*…
só de dizer BOM DIA!

PLATEIA
(*aos berros*)
BOM DIA!

JIM CUNNINGHAM
Vocês estão com MEDO?

PLATEIA
(*ainda mais alto*)
BOM DIA!

JIM CUNNINGHAM
É desse jeito que eu quero
ouvir. (*repentinamente sério*)
Porque muitos mocinhos e mocinhas
de hoje estão paralisados por
causa do medo. Eles se deixam
levar por sentimentos de dúvida…
eles entregam seus corpos
às tentações das drogas, do
álcool e do sexo pré-marital.
Soluções vazias. Essas são
substâncias químicas nocivas…
e comportamento infeccioso.

Um telão desce atrás dele.

Hoje eu gostaria de
contar uma história sobre
um jovem rapaz que teve
sua vida destruída pelos
instrumentos do medo.
Um jovem rapaz que procurava
o amor… nos lugares errados.
(*sacudindo a cabeça dramaticamente*)
Seu nome era Frank.

No telão aparece um slide com a caricatura de um adolescente cujos olhos estão ligadões por causa das drogas. Uma legenda aparece: SEU NOME ERA FRANK.

Ao ouvir o nome Frank, Donnie entra num transe paranoico.

Gretchen, que parece estar altamente entediada, se inclina sobre Donnie.

GRETCHEN
Vamos dar o fora daqui.

Donnie a ignora. Seus olhos estão vidrados em Jim Cunningham, que começa sua vibrante encenação da triste e infeliz decadência de Frank.

Em poucos minutos, Jim Cunningham faz a plateia rir… encantada por ele com sua apresentação de slides com caricaturas grotescas.

Nota: durante esta sequência, a velocidade da câmera despenca para 4 frames por segundo.

INT. AUDITÓRIO DA ESCOLA - CONT. (10H30)

Donnie está num transe.

DONNIE
Estamos viajando pelo tempo.

GRETCHEN
O quê?

O telão é levantado, e Jim Cunningham escuta perguntas feitas pela plateia num microfone posicionado ao fundo do auditório.

Vários estudantes se levantam e vão ao microfone.

GAROTA IDIOTINHA
Oi. Hum… minha meia-irmã… tipo… às vezes eu me preocupo que ela come demais.

GAROTA ACIMA DO PESO
(*chocada, gritando para a irmã da plateia*)
Cala a boca, Kim!

GAROTA IDIOTINHA
Só tô tentando ajudar!

JIM CUNNINGHAM
Não há motivo para se envergonhar. Muitas vezes nós comemos porque estamos com medo de encarar o reflexo *real* do nosso *ego*. Não devemos apenas olhar *no* espelho. Devemos olhar *através* do espelho.

GAROTA IDIOTINHA
Obrigada.

Kitty Farmer corre até o palco e entrega uma garrafa de água e uma toalha a Jim Cunningham. Ela levanta o polegar para ele e sai correndo do palco.

GAROTO MAGRICELA
Humm… Como eu posso decidir o que quero ser quando crescer?

JIM CUNNINGHAM
Acho que você deve olhar pra dentro de si mesmo… no fundo do seu coração… e encontrar o que existe no mundo que lhe faz sentir

amor. Apenas *amor* puro. E então vá atrás disso. Nos seus estudos… nos seus esportes… vá atrás do amor.

GAROTO MAGRICELA

Obrigado.

Donnie se levanta e vai até o microfone.

LARRY RIESMAN

Como eu posso aprender a lutar?

JIM CUNNINGHAM

Violência é um produto do medo. Aqueles que amam a si mesmos não precisam lutar com outra pessoa. Aprenda a se amar de verdade… e o mundo será seu.

LARRY RIESMAN

Ok.

Donnie dá um passo em direção o microfone.

DONNIE

(*furioso*)

Quanto eles estão te pagando para estar aqui?

JIM CUNNINGHAM

Desculpe? Qual o seu nome, filho?

DONNIE

Gerald.

JIM CUNNINGHAM

Bem, Gerald, eu acho que você está com medo.

DONNIE

Bem, Jim… eu acho que você só fala merda!

Escutam-se cochichos pelo lugar. Algumas gargalhadas dos alunos.

Você está falando essas bostas todas pra nos fazer comprar o seu livro? Porque, deixa eu te contar uma coisa, esse foi o pior conselho que eu já ouvi! (*para a garota idiotinha*) Se você quer que a sua irmã perca peso, diga pra ela sair do sofá, parar de comer Twinkies… e talvez entrar no time de hóquei na grama. (*para o garoto magricela*) Você nunca vai saber o que quer ser quando crescer. Na maior parte do tempo, ninguém sabe. E quanto a você, Jim? (*para Larry*) E você… cansou de ter sua cabeça enfiada na privada por algum moleque babaca? Então vá levantar peso… faça uma aula de caratê. E quando ele tentar fazer isso de novo, chuta ele no saco.

Mais burburinhos no local… As gargalhadas dos alunos ficam mais altas.

JIM CUNNINGHAM
(*perdendo a calma*)
Acho que você tem medo de me pedir um conselho. Acho que você é um jovem muito problemático… e confuso. Acho que você está procurando as respostas nos lugares errados.

DONNIE
(*pausa longa*)
Bem, eu acho que você é a porra do Anticristo.

A plateia está agitada. Os alunos dão uma salva de palmas. O diretor Cole se aproxima de Donnie e o retira do auditório.

Gretchen vê ele sair e sorri.

EXT. OLD GUN ROAD - TARDE (15H30)

Donnie e Gretchen andam por uma rua arborizada.

DONNIE
(*murmurando*)
Me suspenderam por dois dias.

GRETCHEN
(*interrompendo*)
Você está bem?

DONNIE
(*pausa longa*)
Eu tenho visto coisas… Algumas
coisas bem sinistras. (*pausa*)
Você sabe quem é a Vovó Morte?

GRETCHEN
Quem?

DONNIE
A velha maluca que vive
na Old Gun Road.

Donnie pega o livro de Roberta Sparrow.

GRETCHEN
Ah, claro. (*pegando
o livro*) *A Filosofia da Viagem
no Tempo*. O que é isso?

DONNIE
Ela que escreveu. (*pausa*) Tem
capítulos nesse livro que descrevem
coisas que eu tenho visto. Não pode
ser apenas coincidência. (*pausa*)
Você iria comigo até a casa dela?

EXT. OLD GUN ROAD - CONT. (15H45)

*Donnie e Gretchen estão em frente à entrada da casa
da Vovó Morte.*

Gretchen guia Donnie até o portão da frente da casa decrépita. Ela então toca a campainha. Eles esperam por um tempinho… Nada acontece.

Gretchen vai espiar por uma janela.

DONNIE
Eu sei que ela está aqui.
Ela nunca sai de casa.

GRETCHEN
Talvez esteja dormindo.

Eles se afastam da casa, e Donnie para na caixa de correio. Ele a abre… vazia.

(*apontando para a casa*)
Donnie, olha.

Numa janela do segundo andar, a silhueta da Vovó Morte espia eles de forma ameaçadora.

INT. QUARTO DE DONNIE - TARDE

Donnie está sentado em frente à escrivaninha, selando um envelope. O endereço é:

SRA. ROBERTA SPARROW
OLD GUN ROAD, 22
MIDDLESEX, VA 23113

Cartela:

23 DE OUTUBRO DE 1988

INT. CONSULTÓRIO DA TERAPEUTA - NOITE (18H)

A dra. Thurman olha para um diagrama do livro de Sparrow. Donnie está andando de um lado para o outro.

DRA. THURMAN
E elas saem das nossas barrigas?

DONNIE
Exatamente como ela descreveu no livro. Como se estivessem vivas. A aparência delas… o jeito como se mexiam e cheiravam. Elas eram como operários… Designados a cada um de nós. (*longa pausa, então distante*) Eu segui minha lança… e achei algo…

DRA. THURMAN
O que você achou?

Donnie fica em silêncio por um momento.

DONNIE
Nada.

DRA. THURMAN
Você já contou a Gretchen sobre as lanças?

DONNIE
Sim, mas se eu contasse a outra coisa sobre Frank…

DRA. THURMAN
Você fica constrangido com as coisas que vê?

DONNIE
Sabe… toda semana eu venho aqui e te conto coisas… e tudo é constrangedor. Eu te conto coisas que não conto a mais ninguém…. E quer saber? É sua vez, Dra. Thurman. Não vou contar mais nada até você me contar algo constrangedor a seu respeito.

Donnie faz o gesto de fechar os lábios como um zíper.

DRA. THURMAN
(*pausa longa, inflexível*)

Uma vez eu tive uma
prolongada fantasia sexual
envolvendo o sr. Rogers.[5]

Donnie encara a doutora.

DONNIE
Uau. (*pausa*) Tudo bem, dra.
Thurman, não precisa se
envergonhar disso. Eu tenho
fantasias sexuais o tempo todo.

DRA. THURMAN
Eu sei.

DONNIE
Quer dizer… Gretchen… Ela nem
me deixa beijá-la. Ela diz que
é porque é nosso primeiro beijo…
ela está esperando por esse
grande… momento, ou algo assim.
Eu não entendo. Eu só quero
passar dessa fase pra que a gente
possa ir pras coisas boas.

DRA. THURMAN
As coisas boas.

DONNIE
É… você sabe… (*sussurrando*) trepar.

DRA. THURMAN
(*cortando Donnie*)
Você já fez amor, Donald?

Donnie olha pra ela… e nós entendemos a resposta.

INT. COZINHA - NOITE (19H15)

5 Fred McFeely Rogers, ou Mr. Rogers, pedagogo e artista norte-americano, ministro da Igreja Presbiteriana, notabilizou-se como apresentador de TV (*Mister Rogers' Neighborhood*, 1968-2001) e autor de letras para canções educativas.

A família inteira está jantando. Donnie está perdido num transe.

SAMANTHA
Donnie, você vai na minha apresentação do show de talentos amanhã?

Donnie a ignora.

ROSE
Ele não pode, Samantha. Ele foi suspenso das atividades extracurriculares na escola. Donnie… você tá prestando atenção? (*pausa*) Como foi sua sessão de terapia hoje à noite?

DONNIE
Boa. Sabe, a dra. Thurman não é uma mulher má. Posso contar tudo pra ela.

Rose aparenta surpresa e, logo depois, tristeza após o comentário. Ela olha para Eddie, que apenas abaixa os olhos pro seu prato de comida.

EXT. AULA DE FÍSICA - DIA (12H)

Donnie e Gretchen estão na frente do palco apresentando suas invenções. O dr. Monnitoff orienta as apresentações.

DONNIE
Então nós a chamamos de… GMI.

GRETCHEN
Geradores de Memórias da Infância.

DONNIE
Isso. A ideia é essa… você compra esses óculos para seu

bebê, que eles usam à noite
na hora de dormir.

GRETCHEN
E dentro dos óculos tem
essas fotografias. E cada
foto é de algo tranquilo…
Ou bonito. Qualquer imagem que
os pais resolvam colocar.

DR. MONNITOFF
Qual efeito vocês acham que
isso teria num bebê?

DONNIE
Bem… o lance é, ninguém se
lembra de sua primeira infância.
E quem disser que lembra está
mentindo. Nós achamos que isso
ajudaria a desenvolver memórias
mais cedo em nossas vidas.

DR. MONNITOFF
Vocês já pararam pra pensar que
talvez os bebês necessitem do
escuro? Que o escuro é parte
natural de seu desenvolvimento?

Seth Devlin levanta a mão.

SETH
E se os pais, tipo… colocassem
fotos de Satã… pentagramas,
gente morta… coisas assim?

GRETCHEN
É isso o que você mostraria
pros seus filhos?

SETH
Quer dizer, o seu pai não
esfaqueou a sua mãe?

O dr. Monnitoff olha para Seth com calma.

DR. MONNITOFF

Fora de sala.

Seth começa a sair. Gretchen não responde. Só existe o sorriso forçado de QI de 80… encarando a garota. A sala está em silêncio.

EXT. ENTRADA PRINCIPAL DA ESCOLA - CONT. (14H15)

Gretchen sai pela porta da frente. Donnie vem correndo atrás dela.

DONNIE

Gretchen! Gretchen… Espera!

Ela se vira e o encara… Há lágrimas em seus olhos.

Eu sinto muito.

Eles se abraçam… e se beijam pela primeira vez.

EXT. CINEMA BYRD - HORA MÁGICA (17H30)

A velha fachada de cinema anuncia:

PESADELO DE HALLOWEEN

THE EVIL DEAD/A ÚLTIMA TENTAÇÃO DE CRISTO

Donnie e Gretchen se aproximam da bilheteria.

DONNIE

Duas para *Evil Dead*, por favor.

INT. CINEMA BYRD - CONT.

Donnie e Gretchen estão sentados no meio do cinema enorme e vazio.

The Evil Dead *começa. Eles comem pipoca e assistem em silêncio. Donnie olha pro lado e vê que Gretchen está dormindo.*

Donnie se volta para o filme… começando a parecer doente.

FRANK

Passando mal?

Donnie vira a cabeça pro lado e vê Gretchen. Frank está sentado do lado dela.

Quero te mostrar uma coisa.

DONNIE

Primeiro, você precisa fazer algo pra mim.

FRANK

Você tem um pedido?

DONNIE

É. Me diz por que você está usando essa fantasia estúpida de coelhinho.

FRANK

Por que você está usando essa fantasia estúpida de homem?

DONNIE

Tira a máscara. Quero ver você.

Após um momento, Frank lentamente agarra e remove a máscara de coelho.

Os olhos de Donnie se arregalam.

Por baixo da máscara, há o rosto humano de um rapaz bonito. Seu olho esquerdo não existe, porque foi implodido na órbita. Há sangue escorrendo do ferimento.

FRANK

Satisfeito?

Donnie apenas o encara.

DONNIE

O que houve com o seu olho?

FRANK
Eu sinto muito.

DONNIE
Por que te chamam de Frank?

FRANK
É o nome do meu pai… e do pai dele.

DONNIE
Quanto tempo isso vai durar?

FRANK
Você sabe. (*pausa*) Assista
ao filme, Donnie. Tenho
algo pra lhe mostrar.

Donnie olha para a tela.

Na tela, The Evil Dead se transforma num Portal do Tempo.

Tem uma tempestade chegando.
(*pausa*) Você já viu um
Portal antes, Donnie?

De repente… a tela se transforma numa imagem de uma mansão em estilo Tudor.

Taca fogo nela.

Donnie tira a carteira de Jim Cunningham do bolso.

Donnie contempla seu destino por alguns instantes, e então se levanta e sai.

EXT. CINEMA BYRD - NOITE (18H30)

Donnie passa lentamente pela fachada do cinema.

INT. AUDITÓRIO - NOITE (19H)

No palco, entre folhas de outono sopradas, Cherita Chen realiza um número de mímica estranhamente bonito durante a Sinfonia Número 3 de Henryk Gorecki.

Quando o número finalmente termina, a plateia está indiferente, com esparsos aplausos e risos.

A professora Pomeroy se levanta e aplaude entusiasticamente.

Claramente afetada pelos risos, Cherita sai do palco.

Na primeira fila, toda a família Darko está reunida.

INT. COXIA DO AUDITÓRIO - NOITE (19H15)

Kitty Farmer está com as cinco dançarinas do grupo de dança amontoadas.

PROFA. FARMER

Então, garotas… quero que vocês se concentrem. Falhar não é uma opção. E Bethany… se você sentir vontade de vomitar lá no palco… engula.

BETH

Tá bom, mãe.

Jim Cunningham passa por elas em direção ao palco. Ele para e toca Samantha no ombro… sorrindo.

JIM CUNNINGHAM

Boa sorte lá no palco.

Ela sorri de volta com nervosismo. Ele sai em direção ao palco.

INT. PALCO DO AUDITÓRIO - CONT. (19H20)

JIM CUNNINGHAM

Obrigado… Cherita Chen. Esse foi o Anjo do Outono. (*limpando a garganta*) Agora… é com distinto prazer que eu lhes apresento… Emily Bates… Suzy Bailey… Samantha Darko… Beth Farmer… e Joanie James. Elas são… as SPARKLE MOTION!

A plateia aplaude intensamente enquanto a luz diminui.

A montagem a seguir se alterna entre o palco do auditório e a casa de Jim Cunningham.

As luzes do palco aumentam lentamente com a batida inicial de "West End Girls", dos Pet Shop Boys.

Sob as suaves luzes do palco… as Sparkle Motion se separam.

Donnie se aproxima da casa de Jim Cunningham.

Sparkle Motion… em perfeita sincronia.

Na sala de estar da casa… Donnie caminha, jogando gasolina por todos os cantos com uma força psicótica. Uma trilha de fogo se alastra.

Uma mulher misteriosa surge da parede do fundo do auditório.

Um sofá e as cortinas são engolidas pelas chamas.

As alunas da escola estão pulando nas fileiras.

Eddie e Rose sorriem de orelha a orelha.

Elizabeth Darko está se divertindo muito durante a cena inteira.

A molecada vai à loucura nas fileiras.

A mulher misteriosa tira seus óculos.

Câmera lenta: o fogo engole um cervo empalhado.

A professora Pomeroy entra no ritmo.

Os pais estão todos de pé.

A plateia se manifesta gritando ainda mais alto.

Câmera lenta: as Sparkle Motion paradas, triunfantes.

Câmera lenta: Donnie diante de uma parede de chamas.

EXT. AUDITÓRIO DA ESCOLA - NOITE (20H)

Cherita no pátio, sentada na base da estátua do mascote… derrotada e sozinha.

INT. CINEMA BYRD - NOITE (21H)

Donnie entra no cinema e senta-se do lado de Gretchen, que está dormindo. Enquanto sobem os créditos do filme, Donnie a acorda.

GRETCHEN

Quê? (*desorientada*)
Quanto tempo eu dormi?

DONNIE

O filme todo. Vamos.

INT. CASA DE JIM CUNNINGHAM - NOITE (21H45)

Bombeiros andam pelo quarto carbonizado com suas lanternas de mão.

Um bombeiro aponta a lanterna para uma porta misteriosa com fumaça emergindo dela.

Ele chuta a porta… e aponta a lanterna para o buraco escuro.

EXT. MONTE CÁRPATO - NASCER DO SOL (5H)

Donnie e Gretchen deitados sobre uma pilha de cobertores… admirando o cânion abissal.

Câmera aérea (helicóptero): varremos o monte Cárpato… passamos por Donnie e Gretchen… sobre o cânion e a infinita extensão da mata verde.

Cartela:

<u>22 DE OUTUBRO DE 1988</u>

EXT. QUINTAL DOS DARKO/PÁTIO - MANHÃ (11H)

Donnie e Eddie estão no quintal juntando folhas num enorme saco de pano.

DONNIE

Sei que todo mundo pensa que
eu sou maluco. Tenho recebido
muitos olhares estranhos
das pessoas ultimamente.

Eles juntam folhas em silêncio por um momento.

EDDIE
(*furioso*)
Quem tem olhado estranho pra você?

DONNIE
Muita gente. Professores.
Alunos mais novos. É como se
tivessem medo de mim por algum
motivo. (*pausa*) Mas tudo bem…
porque eu sei que eu mereço.

Eddie para de catar as folhas.

EDDIE
Você é meu único filho…

DONNIE
Eu sei, pai.

EDDIE
Sei que não sou muito bom…
para conversar. (*pausa*)
Mas seja lá o que for que
aconteça em sua vida… quaisquer
obstáculos que você enfrentar…
você deve falar e fazer aquilo
que manda seu coração. Seja
honesto… e diga a verdade…
mesmo que olhem estranho pra
você — e eles vão. Vão te dizer
que você está errado. Vão te
chamar de tolo. (*pausa*) Mas o que
você precisa entender, filho,
é que a maioria dessas pessoas
é cheia de merda. Elas são parte
dessa grande conspiração da
babaquice… e têm medo de pessoas
como você. Porque você é mais
esperto do que todas elas.

Donnie sorri para o pai.

INT. QUARTO DE DONNIE - TARDE (13H)

Donnie está sentado em sua cama e observa o calendário na parede. Todos os dias estão marcados com um X.

Ele pega os comprimidos da mesinha de cabeceira e engole três.

Ele ouve barulho vindo do andar de baixo.

INT. SALA DE ESTAR - TARDE

Donnie desce e encontra Elizabeth grudada na TV.

ELIZABETH
Ai, meu Deus, é ele. É
o cara de ontem à noite.

Na televisão: uma repórter parada em frente aos escombros carbonizados do que já foi uma enorme mansão. Bombeiros se aglutinam atrás dela.

REPÓRTER
Enquanto os bombeiros continuam
sua investigação, ainda não foi
descartada a hipótese de incêndio
criminoso, especialmente depois da
chocante descoberta feita hoje mais
cedo entre as ruínas queimadas.
No porão, as autoridades descobriram
o que foi descrito como um calabouço
de pornografia infantil.

Policiais saem do porão com várias caixas com provas.

Cunningham, que se tornou uma
celebridade por seus livros,
suas fitas cassete e seus vídeos
motivacionais, abaixou a cabeça diante
das câmeras quando foi preso no Golfe
Clube de Sarasota Heights, esta
manhã. Numa declaração furiosa, Linda
Connie, da Cunning Visions, atacou
o Corpo de Bombeiros de Middlesex...
alegando uma vasta conspiração.

Donnie encara a televisão... boquiaberto, aterrorizado. Na TV, Jim Cunningham esconde o rosto da câmera.

ELIZABETH
Ai, meu Deus. O papai jogou
golfe com esse cara.

Donnie não diz nada, apenas se vira e sobe as escadas.

INT. AULA DE FÍSICA - DIA (14H)

Donnie e o dr. Monnitoff estão tendo outra de suas conversas profundas.

DR. MONNITOFF
Cada veículo viaja por um caminho
vetorial através do espaço-tempo…
pelo seu centro de gravidade.

DONNIE
(*para si mesmo*)
Como uma lança.

DR. MONNITOFF
Desculpe?

DONNIE
Como uma lança que sai
do seu estômago?

DR. MONNITOFF
Hum… claro. E para que
o recipiente consiga viajar
pelo tempo, ele deve encontrar
o *portal*, nesse caso, o buraco
de minhoca, ou algum portal
imprevisto que permaneça secreto.

DONNIE
Esses buracos de minhoca
surgem na natureza?

DR. MONNITOFF
Isso é…. Altamente
improvável. Você está falando
de um ato de Deus.

DONNIE
Se Deus controla o tempo…
então todo o tempo é pré-definido.
Então todo ser vivo viaja
pelo seu próprio caminho.

DR. MONNITOFF
Não estou entendendo.

DONNIE
Se você pode ver seu caminho ou
canal saindo da sua barriga, você
pode ver o futuro. E essa é uma
forma de viagem no tempo, certo?

DR. MONNITOFF
Você está se contradizendo,
Donnie. Se pudéssemos ver
nossos destinos manifestados
visualmente… então nos
seria dada a *opção* de *trair*
nossos destinos escolhidos.
O simples fato da *escolha*
existir… significaria que todo
o *destino pré-definido* acabaria.

DONNIE
Não se você *escolher* ficar
no canal de Deus…

DR. MONNITOFF
(*cortando-o*)
Donnie, sinto que não posso
continuar essa conversa.
Eu poderia perder meu emprego.

INT. SALA DOS PROFESSORES - TARDE (14H30)

A professora Pomeroy e o dr. Monnitoff estão sentados em lados opostos. Eles corrigem provas em silêncio.

O dr. Monnitoff a observa por um longo tempo.

DR. MONNITOFF
(*incrédulo*)
Donnie… Darko.

Ela o encara por um tempinho… assustada com alguma coisa.

INT. SALA DO DIRETOR COLE - TARDE (15H)

A professora Pomeroy está sentada em frente ao diretor Cole.

DIRETOR COLE
Sinto muito, Karen, está é uma escola especializada. Não achamos que os métodos que você tem usado aqui sejam apropriados.

PROFA. POMEROY
Apropriados. (*tentando conter a raiva*) Com todo o respeito, o que exatamente o senhor considera inapropriado nos meus métodos?

O diretor Cole a observa por um instante.

DIRETOR COLE
Não tenho tempo para debater sobre isso, Karen. Eu acredito que fui bastante claro.

PROFA. POMEROY
Você chama isso de…. clareza? Não acredito que você faça ideia do que é se comunicar de verdade com esses garotos. Você não acha que eles conseguem farejar sua babaquice a um quilômetro de distância? A cada dia que passa… que nós falhamos em… inspirá-los… é um momento que todos nós perdemos. E estamos perdendo eles para a apatia,

e esse… nonsense prescrito.
Eles estão escapando de nós…

DIRETOR COLE
Sinto muito que você tenha fracassado. Agora, se me dá licença, tenho outro compromisso. Você pode terminar a semana.

INT. ESCRITÓRIO/SALA DOS PROFESSORES - CONT. (15H15)

A professora Pomeroy sai da sala do diretor Cole. Ela vê Kitty Farmer e as garotas do Sparkle Motion reunidas. A mulher misteriosa também está ali.

A professora Pomeroy vislumbra Kitty Farmer antes de sair.

EXT. ESCOLA MIDDLESEX RIDGE - CONT. (15H30)

A professora Pomeroy sai por uma saída de emergência. Ela admira a linda floresta. Seus olhos estão cheios de lágrimas.

PROFA. POMEROY
MEEEEEEEEERDAAAAA!!!!!

Ouvindo o grito à distância, vemos Cherita Chen virar sua cabeça assustada, enquanto caminha sozinha nas imediações do prédio da escola… comendo seu almoço.

Cherita e a professora Pomeroy trocam olhares por um momento antes de ela voltar correndo pra escola.

INT. ENTRADA PRINCIPAL DA ESCOLA - CONT. (15H45)

A professora Pomeroy anda devagar pelo corredor, limpando lágrimas do rosto.

DIRETOR COLE
(*pelo alto-falante*)
Boa tarde. É com grande prazer que anuncio que o grupo de dança do primário da Escola Middlesex foi convidado a se

apresentar na edição de 1988 no
Caça Talentos de Ed McMahon,
em Los Angeles, Califórnia…

INT. SALA DO DIRETOR COLE - CONT. (15H45)

As garotas do Splarkle Motion guincham de excitação… dando pulos de alegria. Kitty Farmer cerra o punho, vitoriosa.

De repente… Linda Connie entra na sala, agarrando Kitty pelo braço. A professora segura um jornal… a manchete diz: JIM CUNNINGHAM INDICIADO.

A expressão facial de Kitty vai do júbilo ao horror.

INT. AULA DE INGLÊS - MANHÃ (8H30)

A sala de aula está escura. Os alunos assistem à adaptação animada de 1978 para A Longa Jornada.

Donnie está dormindo. Gretchen o observa. A professora Pomeroy observa Gretchen.

De repente, ela acende as luzes, desligando a TV.

Donnie acorda… com enormes olheiras.

PROFA. POMEROY

E quando os outros coelhos ouvem
Cinco-Folhas falar sobre a visão,
eles acreditam? (*tosse*) Poderia
ser a morte de todo um modo
de vida, o fim de uma era.

DONNIE

E por que isso importa?

PROFA. POMEROY

Porque nós somos os
coelhos, Donnie.

DONNIE

Por que eu ficaria de luto por um
coelho como se ele fosse humano?

PROFA. POMEROY

A morte de uma espécie é menos trágica do que a de outra?

DONNIE

Claro. Um coelho não é como a gente. Ele não tem livros de história… não sabem o que é tristeza ou remorso. Não tem fotografias… nem espelhos. Quer dizer, não me leve a mal. Eu gosto dos coelhinhos e coisa e tal. São bonitinhos… e cheios de tesão. E se você é bonitinho e cheio de tesão… então provavelmente está feliz em não saber quem você é… ou mesmo por que está vivo. Mas a única coisa que eu sei que os coelhos fazem é trepar o maior número de vezes possível antes de morrer.

Ele olha para Gretchen, que parece estar com raiva desse papo.

Não tem por que chorar por um coelho morto… que nunca temeu a morte pra começo de conversa.

A turma fica em silêncio por um momento.

GRETCHEN

Você tá errado. (*pausa*) Você tá errado sobre esses coelhos. Esses coelhos falam. Eles são fruto da imaginação do autor. E ele se importa com eles. Então a gente se importa também. A gente se importa que o lar deles tenha sido destruído… e que suas vidas estejam em perigo. Do contrário… não entendemos nada.

PROFA. POMEROY

Será que não estamos esquecendo o milagre da narrativa? O *deus ex machina*. O deus surgido da máquina. É assim que os coelhos são salvos.

Gretchen olha para Donnie do outro lado da sala com uma expressão de desprezo.

INT. ENTRADA PRINCIPAL DA ESCOLA - MAIS TARDE (9H)

Donnie se aproxima de Gretchen no corredor dos armários.

DONNIE

Você quer matar o quarto tempo e ir até a montanha?

GRETCHEN

(*irada*)

Qual é o seu problema?

DONNIE

Como assim?

Ela se vira e sai, deixando Donnie desolado e abatido.

INT. QUARTO DE DONNIE - NOITE (18H30)

Donnie está sentado à escrivaninha, examinando um intricado desenho de uma formação de nuvens. No desenho, está escrito: O PORTAL.

INT. COZINHA - NOITE (19H)

Rose e Eddie estão na cozinha. Ele está se preparando para uma viagem de negócios.

Samantha está saltitando. Elizabeth está saltitando também, dançando com ela.

Donnie no hall de entrada olha para a cozinha, flagrando sua família num momento sereno e prazeroso de felicidade. Um momento que ele prefere não interromper.

Cartela:

25 DE OUTUBRO DE 1988

INT./EXT. HALL DE ENTRADA/PORTÃO DA FRENTE - DIA (15H)

A campainha toca. Rose atende a porta.

Kitty Farmer está no portão da frente. Ela usa uma camiseta com os dizeres: DEUS é DEMAIS!

PROFA. FARMER
Rose.

ROSE
Kitty…

PROFA. FARMER
Rose, temos um problemão. (*pausa*) Estou certa que você soube das terríveis acusações contra Jim Cunningham.

ROSE
Sim, eu vi na TV. Algo sobre um calabouço de pornografia infantil.

PROFA. FARMER
(*erguendo a mão*)
Por favor! Não diga essas palavras. (*balançando a cabeça*) Bem… como você pode imaginar… muitos de nós ficamos devastados com essa notícia. Isso é obviamente uma conspiração qualquer para destruir um homem inocente. E eu mesma decidi liderar a campanha de defesa de Jim Cunningham. Mas, infelizmente, meus compromissos cívicos criaram um conflito de interesses… que envolve você.

ROSE
Como assim?

PROFA. FARMER
Rose… eu preciso comparecer à audiência dele amanhã de manhã. E como você sabe, as garotas também vão pra Los Angeles amanhã pela manhã. Agora, como treinadora delas… eu era a escolha óbvia para acompanhá-las na viagem.

ROSE
Mas agora você não pode ir.

PROFA. FARMER
Sim. E, acredite em mim, entre todas as outras mães, eu nunca sonharia em pedir pra você, dada a situação do seu filho. Mas nenhuma das outras está disponível.

ROSE
Ah, Kitty, não sei. É muito em cima da hora… Eddie está em Nova York…

PROFA. FARMER
Rose… eu não sei se você percebe quão grande essa oportunidade é para nossas filhas. Esse tem sido nosso sonho por tanto tempo. (*pausa*) Às vezes, eu questiono o seu compromisso com as Sparkle Motion.

INT. QUARTO DE DONNIE - NOITE (19H)

Rose está sozinha no quarto de Donnie. Ela olha para o desenho de Frank que ele afixou no seu mural.

Donnie aparece na porta. Rose salta.

DONNIE
Acho que… estou muito perto de algo terrível.

Donnie entra no quarto e senta-se na cama. Rose se acomoda ao lado dele.

ROSE
Eu preciso levar as garotas
a Los Angeles amanhã.

DONNIE
Você vai se encontrar com o Ed?

ROSE
Tomara. (*pausa*) Então… eu não
vou voltar antes do dia primeiro.
Seu pai volta no domingo, então
eu deixei a Elizabeth como
responsável até lá. Ela vai
ficar com o carro… aí ela pode
te levar pra terapia amanhã.

DONNIE
Como é ter um filho doido?

ROSE
(*abraçando o filho*)
É maravilhoso.

EXT. CASA DOS DARKO - SAÍDA DA GARAGEM - MANHÃ (10H)

Rose leva sua bagagem para a van do aeroporto. A Mulher Misteriosa guia Beth Farmer pra dentro da van.

Donnie está sentado nos degraus da varanda, olhando para todos em silêncio. Elizabeth dá um abraço em Samantha.

ELIZABETH
Você vai ganhar. Tenho certeza.

SAMANTHA
Eu também. (*para Donnie*)
Tchau, Donnie.

Donnie dá tchau.

ROSE

Aqui estão as chaves do Taurus.
Tem comida à beça na geladeira.
E deixei dinheiro na mesa da
cozinha. E não se esqueça…

ELIZABETH

Não se preocupa, mãe. Vai
nessa, você vai perder o voo.

Rose se vira… querendo dizer adeus a Donnie, mas sem saber como. Ela sorri e dá tchau.

Donnie acena de volta.

Rose se vira e vai até a van… entregando ao motorista sua última mala.

DONNIE

Mãe…

Donnie se levanta, e relutantemente se aproxima do portão.

Não há nada de errado…
com a minha cabeça.

Rose para por um momento e observa seu único filho homem.

SAMANTHA

Vamos, mãe!

ROSE

(*para Donnie, segurando as lágrimas*)

Eu sei.

Ela entra na van, enquanto Donnie e Elizabeth as veem partir.

INT. CORREDOR PRINCIPAL DA ESCOLA - TARDE (15H)

Donnie anda até Gretchen… que está parada perto do seu armário com várias outras garotas. As garotas cochicham entre si quando ele se aproxima.

DONNIE
Você pode falar comigo?

GRETCHEN
Agora, não, Donnie. Não
é uma boa hora.

DONNIE
Quando então? Eu preciso
falar com você.

Gretchen vai embora, virando-se para olhar para ele, parecendo arrependida.

INT. AULA DE INGLÊS - MOMENTOS MAIS TARDE (15H15)

Donnie anda sozinho pelos corredores… perdido.

Ele esbarra na sala da professora Pomeroy. Ela está sentada em sua escrivaninha… suas coisas estão acomodadas numa caixa de papelão.

DONNIE
(*batendo na porta*)
Professora Pomeroy… o que
está acontecendo?

PROFA. POMEROY
Donnie… é sexta-feira. Você não
devia estar na rua com seus
amigos, assustando uns velhotes?

DONNIE
Pra onde você vai?

PROFA. POMEROY
Não sei. Boa pergunta…
mas basta dizer que eu não
sou mais sua professora de
inglês. Eles me demitiram.

DONNIE
Papo furado. Você é uma
boa professora.

PROFA. POMEROY
Obrigada, Donnie. E você é um bom aluno. Preguiçoso… mas um bom aluno. Diferente da maioria dos outros, você questiona as regrinhas da mamãe e do papai.

DONNIE
O que eu digo pro resto da turma quando eles perguntarem por você?

PROFA. POMEROY
(*pausa longa*)
Diga que tudo vai ficar bem. (*pausa*) As crianças precisam se cuidar sozinhas hoje em dia. Porque os pais… eles estão por fora.

Donnie olha para o quadro-negro. Nele, há uma frase escrita em perfeita caligrafia: "Cellar Door" [Porta da Adega].

DONNIE
O que é… Cellar Door?

PROFA. POMEROY
(*viajando*)
Um famoso linguista disse uma vez… que de todas as frases do idioma inglês, de todas as infinitas combinações de palavras em toda a história… que "Cellar Door" é a mais bonita.

Ela fica em silêncio por um instante.

DONNIE
Cellar Door.

PROFA. POMEROY
Às vezes, é a única coisa que nos faz seguir adiante.

Ela pega a caixa, e cruza a sala em direção a Donnie.

Então… será que Donnie Darko
vai achar sua Cellar Door?

DONNIE
Acho que já encontrei. (*pausa*)
Mas ela não quer nem falar comigo.

PROFA. POMEROY
Então vá encontrá-la, Donnie.
Não a deixe sumir. (*parando na porta*) Ela estava certa
sobre os coelhos. Vá.

INT. CORREDOR PRINCIPAL - CONT. (15H15)

E assim… a professora Pomeroy se vira e anda pelo corredor com sua carreira dentro de uma caixa de papelão… em direção à luz brilhante do sol da tarde de sexta-feira.

Donnie anda de volta pelo corredor… perdido em sua própria introspecção.

Do outro lado do corredor… no armário dela… está Cherita Chen. Donnie se aproxima dela devagar feito um gato.

Ela se vira do armário… e eles se olham.

Ela parece cautelosa, assustada. Ela deixa cair um dos livros que está segurando.

Na capa do livro marrom, em letras grandes, está escrito seu nome:

DONNIE DARKO

Ele fica cara a cara com ela, agarra os protetores de orelha dela com ambas as mãos e encosta sua testa na dela, como se fosse beijá-la.

DONNIE
(*pausa longa*)
Eu prometo que um dia as coisas
vão melhorar pra você.

Cherita permanece quieta por um momento, tremendo, e se afasta bruscamente dele. Seus protetores de orelha ficam nas mãos dele.

Ela recua pra longe de Donnie, devagar. Uma única lágrima corre pelo seu rosto.

CHERITA

Cala… a boca!

Ela se vira e dispara pelo corredor… sumindo de vista.

EXT. OLD GUN ROAD - TARDE (16H)

Donnie anda sozinho… pensando… usando os protetores de orelha da Cherita.

Cartela:

29 DE OUTUBRO DE 1988

INT. CONSULTÓRIO DA TERAPEUTA - DIA (13H30)

Donnie está sob hipnose.

DRA. THURMAN

E quando eu bater palmas duas vezes, você vai acordar. Entendeu?

DONNIE

Sim.

DRA. THURMAN

Então, seus pais… por que você os desapontou?

DONNIE

Eu… eu estava brincando com fogo.

DRA. THURMAN

É o Frank que quer destruir o mundo, incendiar o mundo?

Donnie não responde.

DONNIE
Pessoas se machucaram.

DRA. THURMAN
Mas foi um acidente. A casa
estava em obras.

DONNIE
Pessoas se machucaram. Eu não
quero machucar ninguém.

DRA. THURMAN
Mas você foi castigado.

DONNIE
Sim. Fui pra cadeia.

DRA. THURMAN
Você preferia ser punido
pelos seus pais?

DONNIE
Eles… não me deram o que eu
queria de Natal naquele ano.

DRA. THURMAN
O que você queria de
Natal naquele ano?

DONNIE
Hipopótamos Comilões.

DRA. THURMAN
Como você se sentiu… quando lhe
negaram esse *Hipopótamos Comilões*?

DONNIE
Arrependido.

DRA. THURMAN
O que mais deixa você arrependido?

DONNIE
Que eu fiz de novo.

DRA. THURMAN
(*alarmada*)
O que você fez de novo?

DONNIE
Eu alaguei a escola… e taquei
fogo na casa daquele tarado.
Acho que eu só tenho uns poucos
dias… antes deles me pegarem.

DRA. THURMAN
Por que você faz essas coisas,
Donnie? Frank mandou você
cometer esses crimes?

Ele não responde.

DONNIE
Eu tive que obedecer… porque
ele salvou a minha vida. Ele me
controla, e eu tenho que obedecer
ou ele vai me deixar sozinho…
e eu nunca vou conseguir entender
o que tudo isso significa…

DRA. THURMAN
Se Deus existe?

DONNIE
Acho agora que ele deve existir…

DRA. THURMAN
Por quê?

DONNIE
Porque eu vivo com tesão.

DRA. THURMAN
Deus existe porque você
vive com tesão.

DONNIE
Acho que sim. Acho que é uma das suas pistas. É uma pista que nos faz… seguir adiante.

DRA. THURMAN
Pra onde estamos indo?

Não há resposta.

Pra onde estamos indo, Donald?

DONNIE
Eu tenho o poder de construir uma máquina do tempo.

DRA. THURMAN
Como isso é possível?

DONNIE
Vovó Morte vai me ensinar. Em breve.

DRA. THURMAN
Então, como é possível viajar no tempo?

DONNIE
Tem que ser um portal de Deus. Eles vão me levar até ele. Então eu vou voltar no tempo… e não vou sentir remorso nunca mais.

DRA. THURMAN
Quando vai acontecer?

DONNIE
Logo. O tempo está quase acabando.

Donnie fica de pé, cambaleando pela sala. Ele parece assustado… feito uma criança.

Tem que acontecer logo… tem que acontecer logo.

A dra. Thurman se levanta e tenta controlar Donnie… seguindo-o em volta da sala.

DRA. THURMAN
O que vai acontecer?

DONNIE
(*aloprando*)
Frank vai matar.

DRA. THURMAN
Quem ele vai matar?

A dra. Thurman o agarra, tentando mantê-lo sob controle num estranho abraço.

Quem ele vai matar?

Donnie olha fixamente para o outro lado do consultório feito um menino assustado… como se a sala se tornasse branca com a luz artificial.

Frank está no consultório… olhando fixamente para Donnie.

DONNIE
(*aloprando*)
Eu posso ver ele agora mesmo!

DRA. THURMAN
Onde ele está, Donald?

DONNIE
Ele está ali… Ele pode ler minha
mente e ele vai me mostrar
a saída. O céu vai se abrir…
e então Ele vai se revelar a mim.

DRA. THURMAN
Se o céu se abrisse de repente…
então não haveria lei… não haveria
regras… Haveria apenas você e as
suas lembranças… as escolhas que
você fez e as pessoas que você

tocou. A vida que foi esculpida
do seu subconsciente é a única
evidência pela qual você será
julgado… pela qual você deve
julgar a si mesmo. Porque, quando
este mundo acabar, haverá apenas
você e ele… e mais ninguém.

DONNIE

É tarde demais. Eu já arruinei
completamente minha vida.

DRA. THURMAN

Você vai sobreviver a isso…
Donald. Eu prometo que você vai
sobreviver. Você precisa deixar que
eu lhe ajude. (*pausa*) E quando eu
bater palmas, você vai acordar.

Ela bate palmas duas vezes… e Donnie desperta do transe.

INT. CONSULTÓRIO DA TERAPEUTA - TARDE (14H)

*Donnie, mais calmo e vestindo sua jaqueta, anda
lentamente até a porta.*

A dra. Thurman em pé, olhando pela janela.

DRA. THURMAN

Donald?

Donnie se vira e a encara. Pausa.

Seus medicamentos. São placebos.
Pílulas feitas de água.

DONNIE

Obrigado.

DRA. THURMAN

Donald, um ateu é alguém que renega
completamente a existência de Deus.
Você é um agnóstico. Um agnóstico
é alguém que acredita que não
pode haver prova da existência

de Deus… mas que não renega
a possibilidade de que Deus exista.

DONNIE
Adeus, dra. Thurman.

DRA. THURMAN
Adeus, Donald.

INT. COZINHA - DIA

Donnie entra na cozinha, onde Elizabeth está sentada à mesa.

ELIZABETH
(*chocada*)
Passei. Eu vou pra Harvard.

DONNIE
Parabéns.

Donnie senta-se de frente pra ela.

Mamãe e papai não voltam antes
de domingo à noite. É a época do
Halloween. Nós devíamos dar uma
festa. Eles nunca vão ficar sabendo.

ELIZABETH
(*pausa longa*)
Ok, mas tem que ser uma
festa pequena.

DONNIE
Vai dar tudo certo.

EXT. CASA DOS DARKO - NOITE (21H)

Os garotos da vizinhança estão às voltas com seus doces-ou-travessuras. O homem de agasalho de corrida vermelho aponta uma lanterna em direção à casa.

Pelo menos duas dúzias de carros estão estacionados em frente… e alguém já está jogando papel higiênico nas árvores.

INT. HALL DE ENTRADA - NOITE (21H30)

Começa a tocar "Proud to Be Loud", do Green Mummies.

A campainha toca. Donnie atende a porta… só pra encontrar Sean e Ronald vestidos de preto com máscaras de monstro. Ambos carregam mochilas.

Donnie está usando uma fantasia preta de esqueleto, e seu rosto está pintado de branco como uma caveira.

SEAN
Trouxemos ovos, balões d'água e uma dúzia de rolos de papel higiênico.

RONALD
Roubei quatro cervejas do meu pai.

DONNIE
Tem um barril de chope aqui.

SEAN
Só bichas bebem chope.

Eles vão pra dentro de casa em direção à cozinha. Há pelo menos quarenta pessoas lá, todas já um tanto bêbadas, muitas carregando suas próprias embalagens de doze cervejas debaixo do braço.

Quase todo mundo está fantasiado. Donnie e seus amigos costuram pela multidão em direção ao pátio.

EXT. QUINTAL DOS DARKO/PÁTIO - CONT.

Donnie e seus amigos observam a festa deslanchar.

A festa vai crescendo.

INT. CONSULTÓRIO DA TERAPEUTA - NOITE

A dra. Thurman anda de um lado pro outro pelo consultório, com o telefone no ouvido.

INT. SUÍTE DO CASAL - NOITE

O telefone está tocando. A secretária eletrônica atende.

INT. HALL DE ENTRADA - MAIS TARDE (23H)

A campainha toca… e, mais uma vez, Donnie é quem vai atender. Para sua surpresa, é Gretchen, parada na varanda da frente.

GRETCHEN
(*muito chateada*)
Oi.

DONNIE
Oi. Tudo bem?

GRETCHEN
(*entrando*)
Minha mãe sumiu.

DONNIE
Pra onde ela foi?

GRETCHEN
(*quase chorando*)
Não sei. Ela não deixou recado.
A casa está uma bagunça.

DONNIE
Mas você está bem?

Ela faz que sim com a cabeça.

Você chamou a polícia?

GRETCHEN
Sim, eles me disseram pra
ficar fora de casa.

Donnie traz Gretchen para o hall de entrada e lhe dá um abraço.

Tô com tanto medo… eu fico pensando
que algo terrível aconteceu.
É a porra do meu padrasto. Eu sei.

DONNIE
(*abraçando-a*)
Aqui é seguro.

Donnie leva Gretchen pro andar de cima. A câmera revela Elizabeth vendo os dois subirem.

INT. SALA DE ESTAR - CONT.

Elizabeth anda até um amigo.

ELIZABETH
(*gritando sobre a música*)
Você viu o Frank?

AMIGO
Não, acho que eles disseram
que iam comprar cerveja.

INT. SUÍTE DO CASAL - CONT. (23H15)

Donnie e Gretchen estão sentados na cama. Gretchen toma um gole de cerveja.

GRETCHEN
Algumas pessoas nascem
marcadas pela tragédia.

Ele a beija. Depois recua.

Que foi?

DONNIE
Tem uma coisa que você precisa
saber, Gretchen. (*pausa*)
Tudo vai ficar bem.

Eles deitam juntos… ouvindo calados a festa lá embaixo.

O telefone toca. A secretária eletrônica atende.

ROSE
(*na secretária eletrônica*)
Se vocês estão aí, por favor
atendam. (*pausa*) Tá bem… boas
novas. As garotas… elas tiraram
três estrelas e meia… E vão ter que
voltar para as quartas de final.

INT. TERMINAL DO AEROPORTO DE L.A. - NOITE (21H - HORÁRIO LOCAL)

Rose está em pé num telefone público enquanto as garotas do Sparkle Motion esperam no terminal.

SAMANTHA
Semifinais, mãe!

ROSE
Desculpe… semifinais. De qualquer maneira, estamos pegando o voo de volta pra casa e devemos chegar por volta das seis da manhã. Espero que tudo esteja bem. Tchau.

INT. HALL DE ENTRADA - NOITE (MEIA-NOITE)

Seguimos em direção ao relógio de carrilhão e vemos o ponteiro dos minutos alcançar a meia-noite.

INT. HALL DE ENTRADA - NOITE (0H30)

Donnie e Gretchen descem as escadas, ao som de "Under the Milky Way", do The Church. Eles se beijam, e ela vai em direção à sala de estar.

Donnie vai até a cozinha, mas se contorce de dor apoiado na parede.

De repente… a sala ferve numa luz branca estroboscópica… enquanto adolescentes fantasiados e suas lanças vetoriais se cruzam num cintilante labirinto de caos.

Donnie lentamente segue sua lança que o guia pela multidão… até a geladeira.

Donnie olha perdidamente para algo… rabiscado com canetinha no quadro de avisos.

Está escrito: FRANK ESTEVE AQUI… FOI BUSCAR CERVEJA!!

Donnie observa o quadro por alguns momentos… ele então vira a cabeça e vê um adolescente com uma máscara de Ronald Reagan se aproximar. Ele então vê outra lança se aproximar dele. Gretchen faz a curva, vinda da sala de estar.

Donnie cai de joelhos e põe o rosto dentro do final da lança da Gretchen. Vemos seu Ponto de Vista: um túnel de luz abissal.

DONNIE
Vem comigo.

GRETCHEN
Onde nós vamos?

Ele a agarra e puxa para fora da cozinha e de volta ao quintal. Ronald e Sean vão atrás deles.

EXT. QUINTAL DOS DARKO/PÁTIO - CONT.

Eles andam pelo quintal.

GRETCHEN
Donnie, o que tá acontecendo?

Ela o faz parar.

DONNIE
O tempo está correndo.
Temos que ver a Vovó Morte.
Temos que falar com ela.

GRETCHEN
Por quê? É sobre o livro?

DONNIE
Não. É sobre Frank.

GRETCHEN
Quem é Frank?

Ronald e Sean se aproximam.

SEAN
Donnie? Onde nós vamos?

Donnie olha para Gretchen… É agora.

DONNIE
Ela sabe. Eu sei que ela sabe.

EXT. RUA DA VIZINHANÇA - NOITE (1H15)

Os quatro pedalam suas bicicletas rua abaixo.

EXT. FLORESTA - NOITE (1H30)

Eles pedalam suas bicicletas pela floresta.

EXT. CASA DA VOVÓ MORTE - NOITE (1H45)

Eles estão em frente a casa apagada. Ela está na escuridão total. Não há nenhuma luz acesa.

SEAN
Não tem ninguém aí… Esquece isso.

Então… um barulho de metal surge de algum lugar na lateral da casa. Todos escutam.

Donnie olha para a parte inferior da frente da casa, onde há uma porta de adega.

GRETCHEN
Aquilo é uma porta de adega?

DONNIE
(*olhos arregalados*)
É…

A porta da adega está entreaberta… E há uma luz fraca vindo lá de dentro.

RONALD
Não abra, Donnie. Deixa isso pra lá.

INT. ADEGA DA VOVÓ MORTE - CONT.

Donnie e Gretchen abrem a porta da adega… e descem por ela até um porão sombrio com chão de pedra.

Lá dentro… o ambiente é bem amplo… lotado de fileiras e fileiras de caixas, quadros, móveis antigos e lustres. Há até mesmo um piano antigo nos fundos.

Gretchen lentamente estica a mão e toca com o dedo na tecla mais grave do piano.

De repente, uma figura emerge das sombras e empurra Donnie para a parede. Ele então agarra Gretchen, dando uma chave em seu pescoço com uma faca de açougueiro na mão.

É Ricky Danforth. Seth surge de um outro canto… também brandindo uma faca. Ambos usam meias-calças sobre a cabeça.

RICKY

Saiam já daqui! Agora!

Ricky arrasta Gretchen para fora. Seth arrasta Donnie.

EXT. CASA DA VOVÓ MORTE - CONT.

Os quatro são jogados pra fora da adega.

Seth prende os braços de Donnie com seus joelhos e pressiona a faca em seu pescoço.

Ricky joga Gretchen no chão com força no acostamento da Old Gun Road. Ela solta um suspiro de dor quando sua cabeça bate no cascalho.

RICKY

Filhos da puta!

SETH

Eu tenho… uma faca maior agora.

Sean e Ronald olham… atônitos… recuando.

Seth olha para Donnie com seu olhar morto… empurrando a faca com mais força, asfixiando Donnie.

SEAN

Ei… vem alguém aí! Olha,
vem um carro aí!

Seth lentamente vira a cabeça e vê… lá de longe na estrada… faróis se aproximando.

DONNIE
(*suspiro quase inaudível*)
Deus ex machina…

SETH
O que você disse?

DONNIE
Nosso salvador…

Os faróis estão chegando mais perto.

RICKY
Eles chamaram a porra da polícia!

Gretchen luta para respirar no acostamento da estrada… ela solta o ar, semiconsciente.

SETH
Não é a polícia…

Os faróis estão chegando perto.

GRETCHEN
(*num sussuro rouco*)
Donnie…

Mais perto ainda…

DONNIE
Foge daqui.

RICKY
Deixa pra lá… vamos nessa!

Seth não se mexe… ele só encara Donnie.

Vamos! Vamos nessa!

SETH
Você já era, Donnie Darko.

Seth se levanta e corre com Ricky pra dentro da floresta… logo que o carro chega ao cume da Old Gun Road em altíssima velocidade.

De repente, contra o clarão dos faróis do carro… está a silhueta da Vovó Morte… Parada no meio da estrada. Em sua mão direita, ela agarra firmemente uma carta.

A carta de Donnie.

GRETCHEN

Donnie…

O carro desvia para a esquerda… por pouco não acertando a Vovó Morte.

O Pontiac tenta frear bruscamente… Mas as rodas travam… e o carro vai derrapando até o acostamento.

Gretchen ergue a cabeça do cascalho… sob os feixes de luz brilhantes.

O Pontiac Trans-Am passa aos solavancos sobre ela como num quebra-molas… e seu corpo sem vida rola para o canteiro gramado.

O Trans-Am derrapa na grama e bate de frente na velha chaminé de pedra, que explode no capô amassado do carro. Assim, ele finalmente para num frenesi de fumaça.

Donnie se levanta com dificuldade… readquirindo seu fôlego. Ele corre até Gretchen e se ajoelha ao lado dela.

DONNIE

Gretchen… acorda. Acorda.

O pescoço está quebrado. Ela está sem pulso.

A porta do carona do Trans-Am se abre, e um passageiro numa fantasia de palhaço desce do carro.

A porta do motorista é aberta e o motorista desce.

Ele está usando uma roupa de coelho. Uma fantasia de Halloween.

Ele está segurando uma máscara grotesca de coelho.

É Frank.

CARONA

Frank… o que você fez…
o que você fez!

Frank se aproxima de Donnie… que ergue a cabeça e vê Frank pela primeira vez… cara a cara… com uma expressão de horror.

Ela morreu! Você a matou, Frank!

Frank está em choque.

FRANK

Ela morreu.

Donnie lentamente acena com a cabeça. Sean e Ronald se aproximam devagar. Vovó Morte se sobressai atrás deles.

Mas que merda. Olha
a porra do meu carro!

CARONA

Vamos sair daqui. Vamos sair
daqui, Frank!

FRANK

Que porra vocês retardados estavam
fazendo no meio da estrada?

DONNIE

Esperando por você.

Donnie saca a arma do armário do seu pai com sua mão direita e para sua própria surpresa, puxa o gatilho.

O olho esquerdo de Frank implode quando a bala atravessa sua cabeça. Seu corpo cai sem vida no chão.

CARONA

Puta merda…

O carona se vira e sai correndo pra dentro da mata.

RONALD
O que você fez, Donnie?
O que você fez?

DONNIE
(*bem calmo*)
Vai pra casa. Vai pra casa e diga
a seus pais que tudo vai ficar bem.

Após contemplar os acontecimentos recentes… Sean e Ronald se viram e correm na direção oposta.

Donnie é deixado só… com os corpos.

Ele se vira e encara a Vovó Morte… que calmamente está parada ali… com a sua carta nas mãos.

VOVÓ MORTE
Uma tempestade se aproxima.
(*pausa*) Você precisa correr.

Donnie ainda está em choque.

EXT. RUA DA VIZINHANÇA - MANHÃ BEM CEDO (4H30)

Donnie carrega Gretchen pra casa.

INT. SALA DE ESTAR DA FAMÍLIA — CONT.

Donnie olha para Elizabeth, deitada no sofá. Ele se curva e dá um beijo na testa da irmã.

INT. ENTRADA DA GARAGEM DOS DARKO - CONT.

Donnie anda até o Taurus, então para e olha para o céu.

EXT. ENTRADA DA GARAGEM DOS DARKO - CONT.

O Portal do Tempo começa a se formar sobre a casa.

Donnie toca o estômago… sentindo-se enjoado novamente.

Donnie então entra no carro, onde Gretchen está acomodada no banco do carona. Ele dá a partida e sai batido para a rua.

INT. FORD TAURUS - MANHÃ BEM CEDO

Donnie dirige o Taurus na subida do monte Cárpato.

EXT. MONTE CÁRPATO - MANHÃ BEM CEDO (5H30)

Donnie senta-se no teto do Taurus, olhando pra cima.

Ele sorri, acendendo um cigarro.

DONNIE
28 dias, 6 horas, 42 minutos,
12 segundos. Estamos quase em casa.

EXT. CÉU - CONT.

Vemos o Portal do Tempo se formando à distância.

INT. VOO 2806 - ALVORADA (6H)

Samantha Darko está dormindo. Sua cabeça repousa no ombro de Rose.

Rose vê pela janela o sol nascer.

EXT. CASA DOS DARKO - ALVORADA

O Portal continua a se formar sobre a casa dos Darko.

Carros de polícia param em frente da casa.

EXT. MONTE CÁRPATO - ALVORADA

Donnie continua admirando o cânion.

EXT. CÉU - CONT.

Vemos o Portal do Tempo mais uma vez.

INT. FORD TAURUS - CONT.

Donnie desce do capô e entra no carro.

Ele pega a mão de Gretchen.

INT. VOO 2806 - CONT.

No avião, Rose olha pela janela quando uma asa do avião explode (apenas o áudio, não vemos o que acontece). Ela grita enquanto a cabine sacode violentamente.

EXT. CASA DOS DARKO - ALVORADA

O Portal do Tempo continua a se formar sobre a casa.

EXT. CÉU - CONT.

A turbina esquerda do avião despenca pelo céu. Abaixo dela o Portal se forma.

EXT. CÉU - CONT.

A turbina em queda se aproxima da placa de luz hexagonal que se acelera para baixo… formando um túnel cujas paredes são feitas de um redemoinho de mármore líquido.

A turbina passa pela placa hexagonal.

INT./EXT. VÁRIOS

Numa série de planos de passagem de tempo picotados, o cenário completo do subúrbio recua de trás pra frente numa velocidade frenética.

Plano 1: passagem de tempo da estátua do mascote.

Plano 2: passagem de tempo da entrada principal da escola.

Plano 3: passagem de tempo do prédio principal da escola.

Plano 4: passagem de tempo da rua da vizinhança/ casa dos Darko.

INT. HALL DE ENTRADA - NOITE

Câmera subjetiva subindo as escadas.

INT. QUARTO DE DONNIE - NOITE

Nos movemos em direção à cama vazia de Donnie.

Cartela:

2 DE OUTUBRO DE 1988

INT. VÁRIOS QUARTOS - NOITE (1H30)

A dra. Thurman acorda, enquanto toca "Mad World", do Tears for Fears, interpretada por Michael Andrews e Gary Jules.

Jim Cunningham acorda… aos prantos.

Kitty Farmer acorda… chegando a uma terrível conclusão.

Karen Pomeroy e o dr. Monnitoff acordam juntos.

Cherita Chen acorda.

EXT. CÉU - NOITE (1H30)

A turbina do avião cai silenciosamente através da noite em direção à casa dos Darko… após ter viajado de volta no tempo.

INT. QUARTO DE DONNIE - CONT.

Donnie acorda. Ele está rindo histericamente.

A turbina atravessa o telhado… engolindo o quarto.

INT. SALA DE ESTAR - CONT.

Eddie salta da poltrona reclinável… acordando assustado com o impacto.

INT. SUÍTE DO CASAL - CONT.

Rose senta-se na cama, ouvindo o impacto.

ROSE

Eddie?

INT. HALL DE ENTRADA - CONT.

Elizabeth se apoia contra a parede, gritando.

INT. QUARTO DE DONNIE - CONT.

A colossal turbina de avião despencou completamente sobre a casa, abrindo um buraco cavernoso que dividiu o quarto de Donnie ao meio. A fumaça da demolição começa a clarear.

Sobre a turbina está Donnie, empalado no estômago por uma trave de madeira que já foi parte do chão sob sua cama. Há sangue jorrando de sua boca, enquanto seu rosto está contorcido de tal maneira que poderia ser um sorriso.

EXT. RUA DA VIZINHANÇA - MANHÃ (11H)

A mesma cena do desastre, como antes… apenas há mais mídia, mais vizinhos e um médico-legista. As pessoas em volta estão chocadas… incrédulas.

Do outro lado da rua, uma garota chega pedalando sua bicicleta… lentamente absorvendo a cena como um todo. Ela freia ao lado do meio-fio, onde um garoto chamado David (11) está parado.

É Gretchen Ross.

GRETCHEN
Oi… o que tá acontecendo aqui?

DAVID
Um acidente horrível. Meu
vizinho… ele foi morto.

GRETCHEN
O que aconteceu?

DAVID
Ele foi esmigalhado. Por
uma turbina de avião.

Ela observa a casa, onde paramédicos tiram um corpo pela porta da frente.

GRETCHEN
Qual era o nome dele?

DAVID

Donnie. Donnie Darko.

Eles olham fixamente para o jardim, por um instante. Vemos Elizabeth. Vemos Eddie, com Samantha em seus braços. Ela está chorando.

Me sinto mal pela família dele.

GRETCHEN

(pausa longa)

É.

DAVID

Você o conhecia?

Ela examina a família por alguns instantes… e então sacode a cabeça lentamente, como se tentasse localizar uma memória que está escapando.

GRETCHEN

Não.

Rose, apoiada numa árvore, enquanto fuma um cigarro, percebe os dois. Ela parece reconhecer Gretchen… de algum lugar no vasto reservatório de suas memórias.

Ela acena para os dois.

Os dois acenam de volta.

FADE OUT.

28.06.42.12

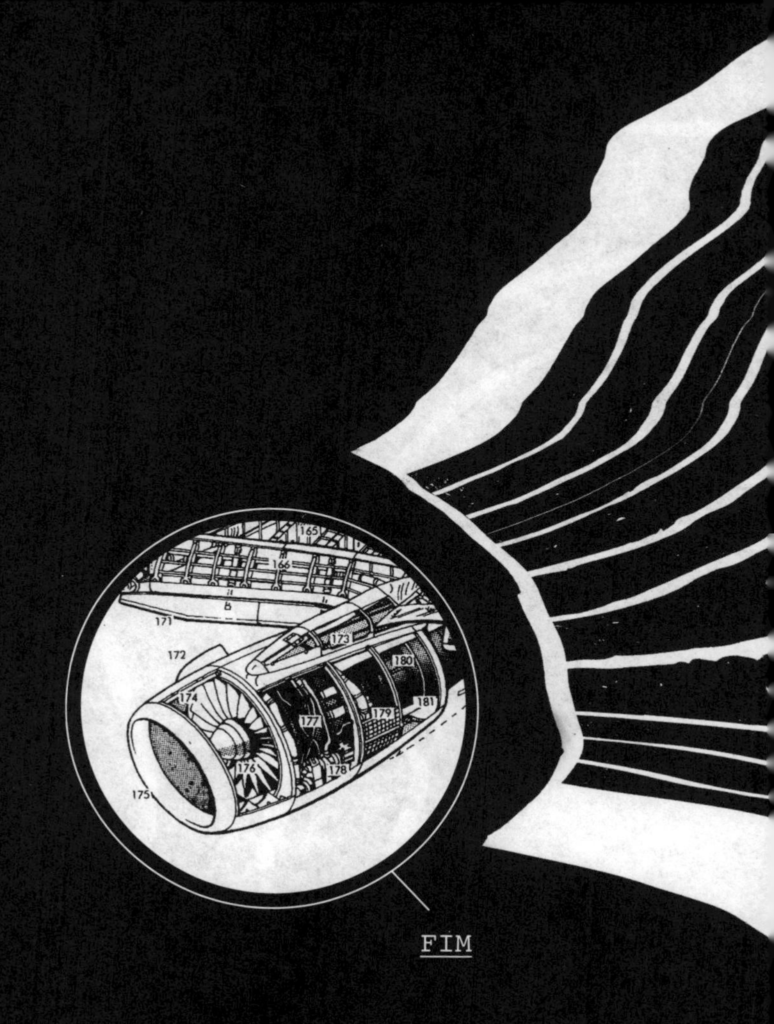

FIM

A Filosofia da Viagem no Tempo

The Philosophy of Time Travel

ROBERTA SPARROW

fh
FRANKLIN-HARRIS
Nova York

A Filosofia da Viagem no Tempo

The Philosophy of Time Travel

Prefácio

Gostaria de agradecer às irmãs do Colegiado de São João em Alexandria, Virgínia, por seu apoio à minha decisão.

Pela graça de Deus, são elas:

Irmã Eleanor Lewis
Irmã Francesca Godard
Irmã Helen Davis
Irmã Catherine Arnold
Irmã Mary Lee Pond
Irmã Virginia Wessex

O intento desse livro é que seja usado como um guia simples e direto num tempo de grande perigo.
Rezo para que isto seja apenas uma obra de ficção.
Se não for, então rezo por ti, leitor deste livro.
Se ainda estiver viva quando os acontecimentos previstos nessas páginas ocorrerem, então espero que você possa me encontrar antes que seja tarde demais.

Roberta Ann Sparrow,
outubro de 1944

A Filosofia da Viagem no Tempo

The Philosophy of Time Travel

O Universo Tangente

CAPÍTULO UM

O Universo Primário é repleto de grandes pegos. Guerra, praga, fome e desastres naturais são comuns. A morte chega para todos nós.

A Quarta Dimensão do Tempo é uma construção estável, embora não seja impenetrável.

Incidentes, quando o tecido da Quarta Dimensão se corrompe, são incrivelmente raros.

Se um Universo Tangente ocorre, será altamente instável, sustentando-se por não mais do que algumas semanas.

Por fim, ele tombará sobre si mesmo, formando um buraco negro dentro do Universo Primário, capaz de destruir toda a existência.

ROBERTA SPARROW

Água e Metal

Capítulo Dois

Agua e Metal são elementos-chave da Viagem no Tempo. Água é o elemento crítico para a construção de Portais Temporais usados como passagem entre Universos no Vórtice Tangente. Metal é o elemento transicional para a construção dos Recipientes do Artefato.

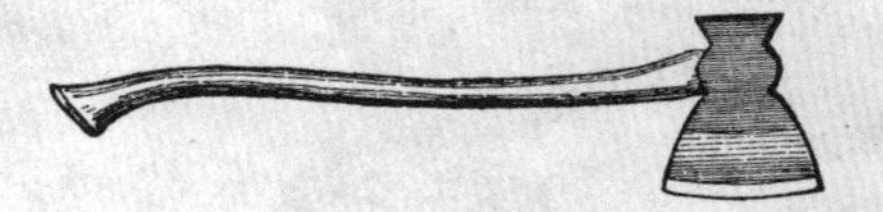

O Artefato e os Viventes

CAPÍTULO QUATRO

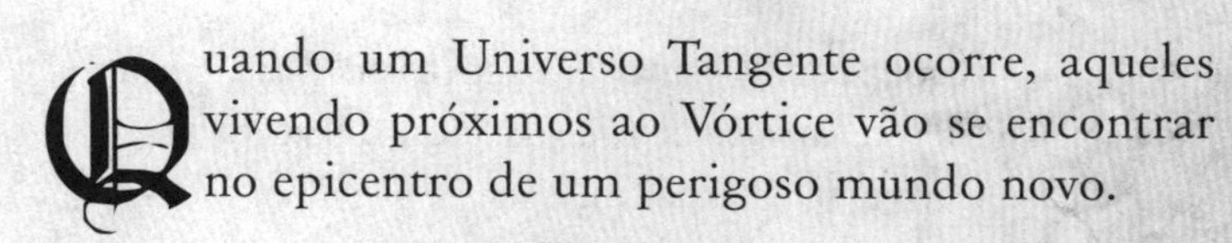

Quando um Universo Tangente ocorre, aqueles vivendo próximos ao Vórtice vão se encontrar no epicentro de um perigoso mundo novo.

Artefatos proporcionam o primeiro sinal de que um Universo Tangente ocorreu.

Se um Artefato ocorrer, os Viventes vão recuperá-lo com grande interesse e curiosidade. Artefatos são formados de metais, tais como uma Ponta de Flecha de uma antiga civilização maia, ou uma Espada de Metal da Europa medieval.

Artefatos devolvidos ao Universo Primário são comumente ligados à iconografia religiosa, já que sua aparição na Terra parece desafiar explicações lógicas.

A Intervenção Divina é considerada a única conclusão lógica para o aparecimento do artefato.

ROBERTA SPARROW

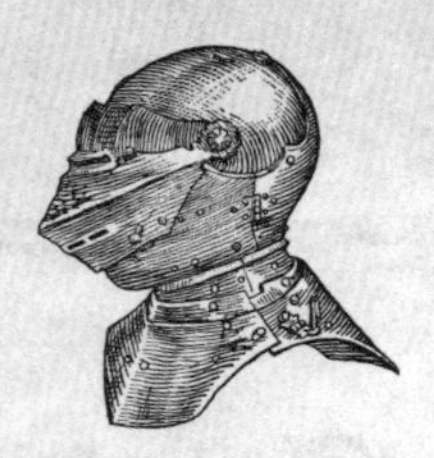

O Receptor Vivente

CAPÍTULO SEIS

O Receptor Vivente é escolhido para guiar o Artefato para sua jornada de volta ao Universo Primário.

Ninguém sabe como ou por que um Receptor será escolhido. O Receptor Vivente é comumente abençoado com um Quarto Poder Dimensional. Esses incluem aumento da força, telecinética, controle da mente e a habilidade de conjurar fogo e água.

O Receptor Vivente é comumente atormentado por sonhos, visões e alucinações auditivas terríveis durante seu tempo no Universo Tangente.

Aqueles em volta do Receptor Vivente, conhecidos como os Manipulados, vão temê-lo e tentarão destruí-lo.

Os Viventes Manipulados

CAPÍTULO SETE

Todos Viventes Manipulados são frequentemente amigos próximos e vizinhos do Receptor Vivente.

Estão propensos a comportamentos irracionais, bizarros e frequentemente violentos. Esse é o infeliz resultado de suas tarefas, que consistem em auxiliar o Receptor Vivente na devolução do Artefato ao Universo Primário.

Os Viventes Manipulados farão de tudo para salvarem-se do Esquecimento.

ROBERTA SPARROW

Os Mortos Manipulados

CAPÍTULO DEZ

Os Mortos Manipulados são mais poderosos que o Receptor Vivente. Se uma pessoa morre dentro do Universo Tangente, ela é capaz de contatar o Receptor Vivente através da Edificação da Quarta Dimensão.

A Edificação da Quarta Dimensão é feita de Água.

Os Mortos Manipulados vão manipular o Receptor Vivente usando a Edificação da Quarta Dimensão (veja Apêndices A e B). Frequentemente, os Mortos Manipulados vão preparar Armadilhas de Garantia contra o Receptor Vivente para assegurar que o Artefato será devolvido em segurança ao Universo Primário.

Se a Armadilha de Garantia for bem-sucedida, o Receptor Vivente é deixado sem escolha senão usar seu Poder da Quarta Dimensão para devolver a tempo o Artefato ao Universo Primário antes que o Buraco Negro se colapse sobre si mesmo.

Sonhos

Capítulo Doze

Quando os Manipulados despertam de suas Jornadas ao Universo Tangente, são frequentemente assombrados pela experiência em seus sonhos e muitos deles não se lembrarão.

Aqueles que se lembram da jornada são frequentemente tomados por um profundo remorso pelos atos lamentáveis soterrados em seus Sonhos, a única evidência física soterrada dentro do próprio Artefato; tudo o que resta do mundo perdido.

Mitos antigos nos contam sobre o Guerreiro Maia morto por uma ponta de flecha que caiu de um rochedo, onde não havia exército nem inimigo à vista.

Contam-nos do Cavaleiro Medieval misteriosamente empalado pela espada que ele ainda não havia forjado. Contam-nos que essas coisas acontecem por alguma razão.

Appendix A

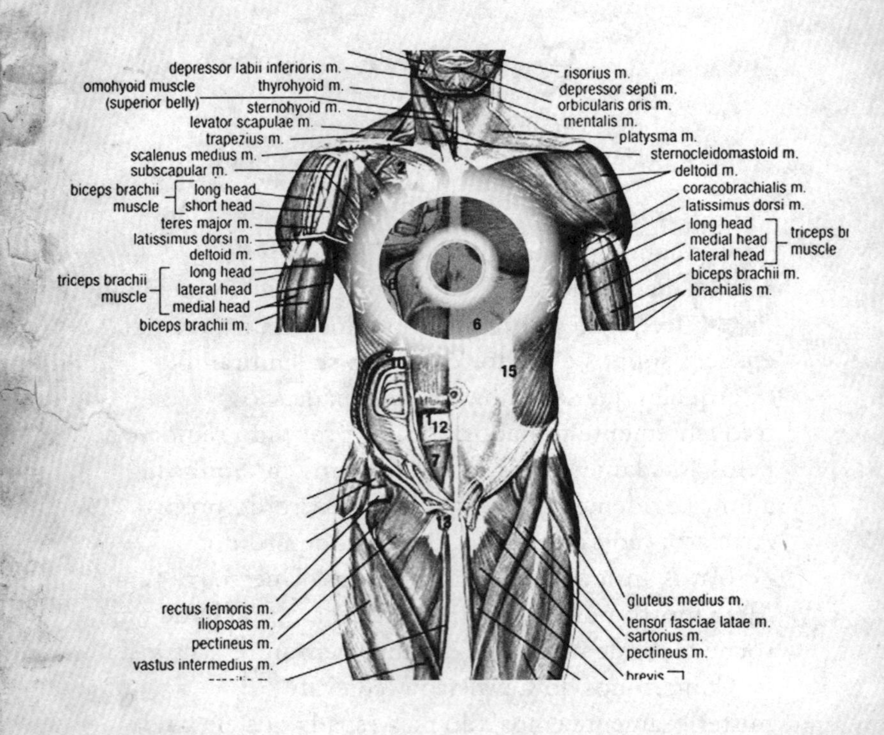

A FILOSOFIA DA VIAGEM NO TEMPO

Appendix B

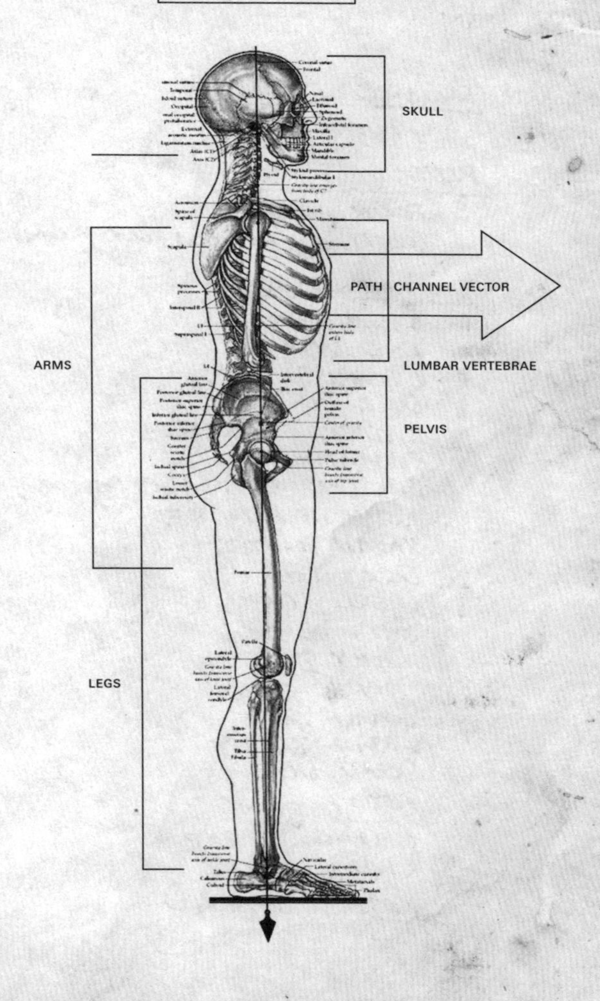

Roberta Sparrow

LIVING RECEIVER

JENNIE ZARKO

MANIPULATED DEAD

FRANK ANDERSON
GRETCHEN ROSS (NOT HER REAL NAME)

MANIPULATED LIVING

EDWARD ZARKO
ROSE ZARKO
ELISABETH ZARKO
SAMANTHA ZARKO
KATHERINE FARMER
ELISABETH FARMER
JILL CUNNINGHAM (USED [illegible]
KENNETH HONNITOFF
KAREN POMEROY
LARRY COLE
CHERITA CHEN
SETH DEVLIN
RICKY DANFORTH
JOANIE JAMES
SUSAN YATES
SUSAN BAILEY
SEAN SMITH
LEROY JONES
MICHAEL CARTER
LINDA CONNIE
REBECCA SPARROW

Notas

RECEPTOR VIVENTE
Donnie Darko

MORTOS MANIPULADOS
Frank Anderson
Gretchen Ross
(não é seu nome verdadeiro)

VIVENTES MANIPULADOS

Edward Darko
Rose Darko
Elizabeth Darko
Samantha Darko
Katherine Farmer
Elisabeth Farmer
Jim Cunningham
(morto em outubro de 1988)
Kenneth Monnitoff
Karen Pomeroy
Larry Cole
Cherita Chen
Seth Devlin
Ricky Danforth
Joanie James
Susan Bates
Susan Bailey
Sean Smith
Leroy Jones
Michael Carter
Linda Connie
Roberta Sparrow

DONNIE DARKO
SOUNDTRACK

"THE KILLING MOON" Written by Will Sergeant, Ian McCulloch, Les Pattinson and Pete DeFreitas (as Pete De Freitas)/ Performed by Echo & The Bunnymen/ Courtesy of Sire Records/ Warner Music U.K. Ltd./ By Arrangement with Warner Special Products

"LUCID MEMORY" Written and Performed by Sam Bauer and Ged Bauer

"HEAD OVER HEELS" Written by Curt Smith and Roland Orzabal/ Performed by Tears for Fears/ Courtesy of Mercury Records Limited/ Under license from Universal Music Enterprises

"LUCID ASSEMBLY" Written and Performed by Ged Bauer and Michael K. Bauer (as Mike Bauer)

"AVE MARIA" Written by Giulio Caccini (as Giulio Caccino) and Paul Pritchard/ Courtesy of Associated Production Music LLC/ For Whom the Bell Tolls/ Written by Stephen Baker (as Steve Baker) and Carmen Daye/ Courtesy of Associated Production Music LLC

"SHOW ME" Written by Quito Colayco and Tony Hertz/ Courtesy of Associated Production Music LLC

"NOTORIOUS" Written by Simon Le Bon (as Simon LeBon), Nick Rhodes and John Taylor/ Performed by Duran Duran/ Courtesy of Capitol Records/ Under license from EMI-Capitol Music Special Markets

"PROUD TO BE LOUD" Written by Marc Ferrari/ Performed by The Dead Green Mummies/ Courtesy of Marc Ferrari / Master Source

"LOVE WILL TEAR US APART" Written by Ian Curtis, Peter Hook, Stephen Morris and Bernard Sumner Performed by Joy Division/ Courtesy of Warner Music U.K. Ltd./ By Arrangement with Warner Special Products

"UNDER THE MILKY WAY" Written by Steve Kilbey (as Steven Kilbey) and Karin Jansson/ Performed by The Church/ Courtesy of Arista Records, Inc./ Courtesy of Festival Mushroom Records Pty Ltd.

"MAD WORLD" Written by Roland Orzabal / Performed by Gary Jules and Michael Andrews

"STAY" Written by Danny Elfman/ Performed by Oingo Boingo/ Courtesy of MCA Records/ Under license from UNIVERSAL MUSIC ENTERPRISES (Director's Cut Only)

"NEVER TEAR US APART" Written by Andrew Farriss and Michael Hutchence Performed by INXS (Director's Cut Only)

"THE STAR SPANGLED BANNER" Lyrics by Francis Scott Key Music by John Stafford Smith

"VOICES CARRY" Lyrics by Aimee Mann/ Music by 'Til Tuesday Performed by 'Til Tuesday

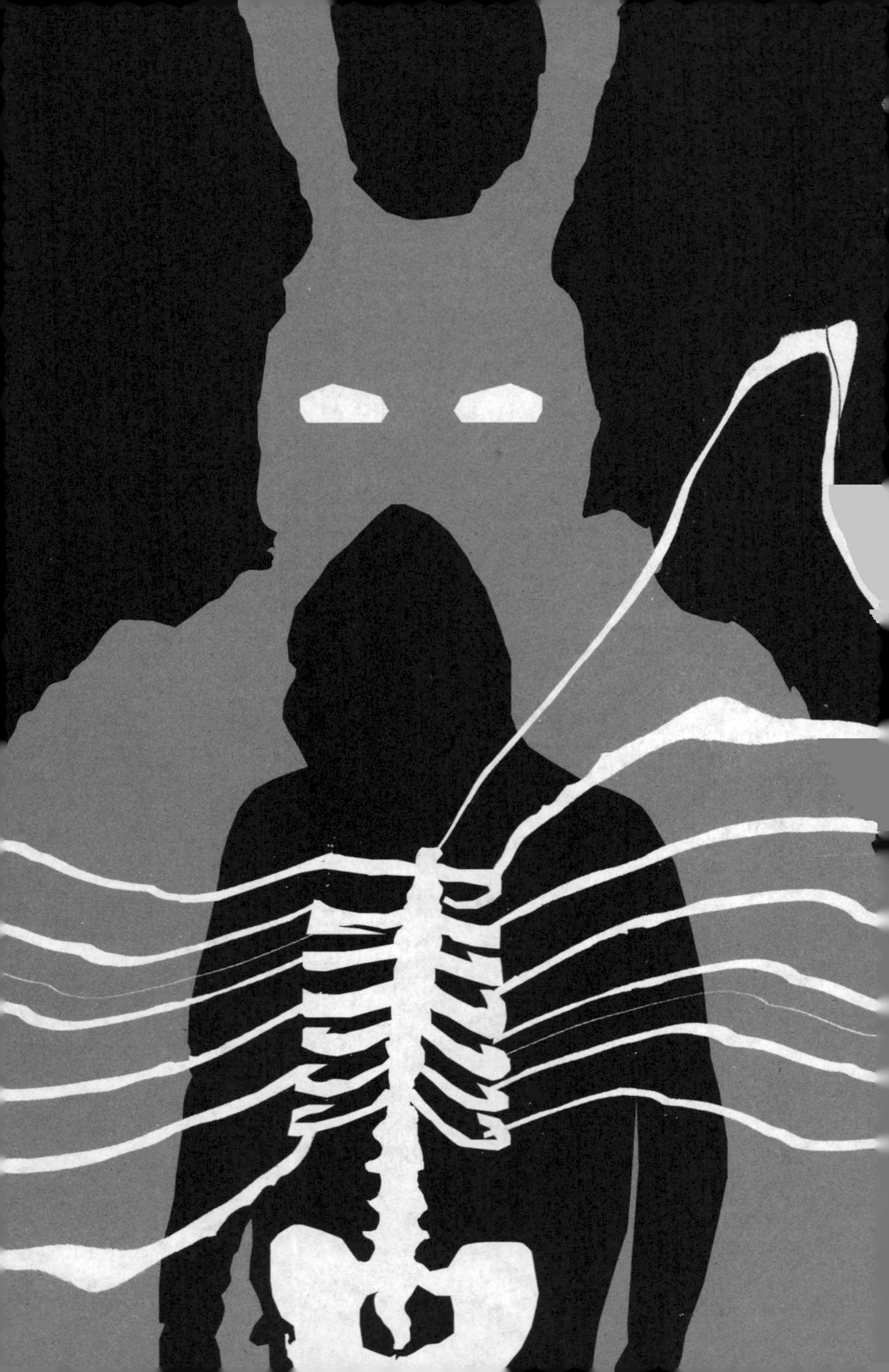

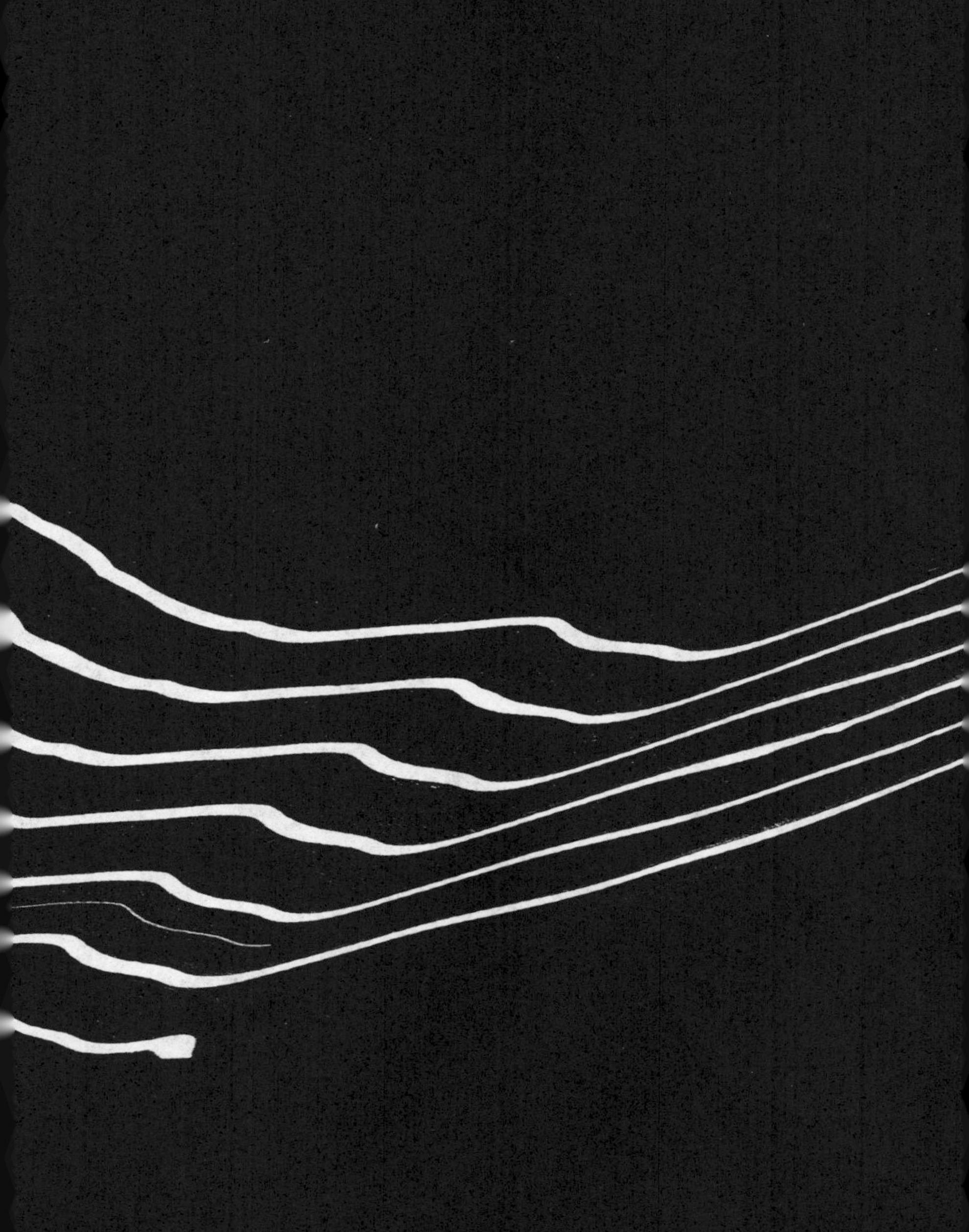

Richard Kelly nasceu em Newport News, Virgínia, em 1975. Diretor, roteirista e produtor, dirigiu *Southland Tales: O Fim do Mundo* (2006), *A Caixa* (*The Box*, 2009), além de *Donnie Darko* (2001).

TODA CRIATURA VIVA NESTE
PLANETA MORRE SOZINHA.

28:06:42:12